光文社古典新訳文庫

みずうみ／三色すみれ／人形使いのポーレ

シュトルム

松永美穂訳

kobunsha classics

JN031917

光文社

Title : IMMENSEE/VIOLA TRICOLOR/POLE POPPENSPÄLER
1853 ⁄ 1874 ⁄ 1874
Author : Theodor Storm

目次

みずうみ／三色すみれ／人形使いのポーレ

みずうみ

老人

ある晩秋の午後、身なりのよい老人が、ゆっくりと道を下っていった。いまでは時代遅れになった留め金付きの短靴が埃で汚れていて、どうやら散歩からの帰途のようだった。金色の握りがついた籐製の長いステッキを脇に抱えている。彼の黒い目は、いまではすっかり失われてしまった青春のなごりをまだとどめているようで、雪のように白い髪の毛とは奇妙な対照をなしていた。彼はその目であたりを静かに見回し、足下の町を眺めた。町はちょうどかぐわしい夕日に包まれて、眼下に広がっていた。すれ違う者のなかで彼にあいさつする人はわずかで、彼はほとんどよそ者のように見えた。もっとも何人かは、彼の真剣な目を見て思わず立ち止まらずにはいられなかった。彼はやがて、背の高い切り妻造りの家の前で立ち止まった。もう一度町を見渡し、それから玄関に入っていく。ドアにつけられた鐘が鳴ったので、部屋のなかで玄関に向かって開く覗き窓の緑のカーテンが脇に引かれ、その向こうに年取った女性の顔が見えた。老人は籐のステッキで彼女に合図した。「まだ明かりはいらないよ！」そこにはちょっと南方のアクセントが聞き取れた。家政婦はまたカーテンを閉めた。老人は広い玄関の間《ま》を横切っていった。それから、磁器製の花瓶が飾られた大きな樫の戸棚が二つ壁際に置かれている客間を通って、その向かいのドアから小さなホールに出た。そこから狭い階段が、裏棟の上階につながっている。彼はゆっくりとそこを上がっていき、上で一つのドアを開くと、中くらいの大きさの部屋に入った。その部屋は居心地がよく、静かだった。一方の壁はほぼ全部が書棚で埋まっていた。もう一つの壁には人間や風景を描いた絵が掛かっていた。緑のクロスを掛けたテーブルの上には、何冊かの本が開かれたまま置いてある。テーブルの前には重そうな肘掛け椅子があり、赤いビロードのクッションがのっていた。老人は帽子とステッキを部屋の隅に置いたあと、その肘掛け椅子に腰を下ろし、両手を組んで、散歩の疲れをいやしているように見えた。そうやって座っているあいだに、あたりはだんだん暗くなっていった。とうとう月の光が、窓から壁の絵の上に差し込んできた。その明るい筋が少しずつ移動するのを、老人の目も思わずたどっていった。彼は質素な黒い額に入れられた小さな絵のそばに歩み寄った。「エリーザベト！」老人は小さな声で言い、その言葉を発したとたんに時間が変化した——彼は、青春時代に戻っていたのだ。

子どもたち

まもなく、品のいい小さな女の子の姿が彼の方に歩み寄ってきた。エリーザベトという名前で、年は五歳くらい。彼の年はちょうどその二倍だった。彼女は首の周りに小さな赤い絹のスカーフを巻いていたが、それが茶色の目によく映えて、彼女を美しく見せていた。

「ラインハルト」と彼女は呼びかけた。「わたしたち、お休み、お休みなのよ！きょう一日、学校はなくて、明日もお休みなの」

ラインハルトは腕に抱えていた計算用の石板をすばやく玄関のドアの内側に置いた。それから二人の子どもたちは家のなかを通って庭へ、さらに庭の木戸をくぐって外の草地に出ていった。思いがけない休暇は、二人にとっては願ってもないことだった。ラインハルトはエリーザベトに手伝ってもらって、この草地に切り芝で家を造っていた。夏の夜には二人でここに泊まるつもりだったのだ。でも、まだベンチが足りなかった。ラインハルトは直ちに仕事に取りかかった。釘とハンマーと必要な板はもうそこに置いてあった。そのあいだにエリーザベトは堤防沿いに歩いて、輪の形をした野生のゼニアオイの種をエプロンのなかに集めていた。それで鎖や首飾りを作るつもりだった。ラインハルトが釘を何本も斜めに打ってダメにしながらも、何とかベンチを完成させてまた日なたに出てくると、エリーザベトはずっと向こうの草地の端に行ってしまっていた。

「エリーザベト！」彼は呼んだ。「エリーザベト！」すると彼女は巻き毛を後ろになびかせながらやってきた。「おいで」彼は言った。「ぼくたちの家ができあがったよ。体がほてってるだろ、なかに入りなよ。新しいベンチに座ろうよ。何かお話をしてあげるから」

二人は切り芝の家に入り、新しいベンチに腰かけた。エリーザベトはエプロンから輪形の種を取り出し、長い結び紐を種に通していった。ラインハルトはお話を始めた。

「むかしむかし、三人の糸紡ぎ女が……」

「あら」エリーザベトは言った。「そのお話ならもう空で言えるくらいよく知ってるわ。いつも同じ話をしなくたっていいのよ」

そこでラインハルトは三人の糸紡ぎ女の話を引っ込め、ライオンの穴に放り込まれたかわいそうな男の話をした。

「夜が来て」と彼は言った。「わかるだろ？　真っ暗な夜で、ライオンたちは眠っていたんだ。でも、ときおり寝ながらあくびをしたり、赤い舌を出したりする。そのたびに男はぞっとして、早く朝になってほしいと思っていたんだ。すると男の周りに突然、明るい光が降りてきた。男が顔を上げると、目の前に天使が立っていた。天使は男に手で合図をすると、まっすぐ岩のなかに入っていったんだ」

エリーザベトは注意深く聴いていた。「天使なの？」彼女は言った。「羽があったの？」

「これはただのお話だよ」とラインハルトは答えた。「ほんとうは天使なんていないんだ」

「えー、つまんない、ラインハルトったら!」エリーザベトは言い、じっと彼の顔を見つめた。彼が不機嫌になって彼女の顔を見ると、彼女は不思議そうに訊いた。「どうしてみんないつもそう言うの? ママも、おばさんも、それに学校でも?」

「知らないよ」彼は答えた。

「でもあんただって」とエリーザベトは言った。「ライオンもほんとはいないの?」

「ライオン? ライオンがいるかどうかだって! インドにいるよ、そこでは偶像の神に仕える祭司たちが、ライオンを車につないで砂漠を走らせるのさ! 大きくなったらぼくも行くつもりなんだ。インドはここの何千倍も素敵だよ、冬がないんだってさ。きみも一緒に来なくちゃダメだよ。来る?」

「うん」とエリーザベトは言った。「でも、そしたらママも一緒に来なくちゃ。あんたのママもね」

「ダメだよ」とラインハルトは言った。「ママたちは年を取り過ぎてるから、一緒に来られないよ」

「でも一人じゃ行かせてもらえない」

「そのころはもう大丈夫だよ。ほんとにぼくの奥さんになるんだから、他の人はもうきみに命令なんかできないよ」

「でもママが泣いちゃう」

「ぼくたちはまた戻ってくるんだから」と、ラインハルトは激しい口調で言った。「これだけははっきり言ってよ。ぼくと旅行したい？　そうじゃなきゃぼくは一人で出かけて、二度と戻ってこないよ」

女の子はほとんど泣きそうになった。「そんなにこわい目をしないで」と彼女は言った。「わたしも一緒にインドに行くから」

ラインハルトは大喜びして、両手でエリーザベトの体をつかむと、草地に引っ張り出した。「インドだ、インドだ！」彼は歌いながら、エリーザベトと一緒に輪になって回ったが、そのはずみに赤いスカーフが首から飛んでいってしまった。でもそれからラインハルトは突然彼女の手を離すと、まじめな顔で言った。「でもきっと無理だな、きみには勇気がないから」

「エリーザベト！　ラインハルト！」庭の木戸から呼ぶ声が聞こえてきた。「ここだよ！　ここだよ！」子どもたちは答えると、手に手を取って家の方へ駆けていった。

森で

そうやって子どもたちは一緒に暮らしていた。ラインハルトにとってエリーザベトがおとなしすぎるときもあれば、彼女から見て彼の気性が激しすぎるときもあった。でもだからといって、二人が別れ別れになることはなかった。ほとんどの遊び時間を二人は一緒に過ごした。冬には母親の狭い部屋で、夏には藪や野原で。一度、ラインハルトがいる前でエリーザベトが学校の先生に叱られたとき、ラインハルトは先生の怒りを自分に向けるために、腹立たしげに石板を机に叩きつけた。しかし、先生はそれに気づかなかった。ラインハルトの方は地理の授業にまったく集中できなくなり、その代わりに長い詩を書いた。その詩のなかでは、彼は自分を幼い鷲にたとえ、先生は灰色のカラス、エリーザベトは白い鳩だった。自分に翼が生えてきたらすぐに灰色のカラスに仕返ししてやるから、と鷲は白鳩に誓っていた。若い詩人の目には涙が浮かんでいた。自分がとても崇高に思えたのだ。家に戻ると、白い紙をたくさん挟んだ小さな羊皮紙本を作り、最初のページに注意深い筆跡で初めての詩を書き入れた。

それからほどなくして、ラインハルトは別の学校に行くことになり、そこで同じ年齢の男の子たちと新しく友だちになった。それでも、エリーザベトとの付き合いが妨げられることはなかった。ラインハルトはエリーザベトにくりかえしメルヒェンを話して聞かせたが、そのなかで一番エリーザベトの気に入った話を書きとめ始めた。そんなときしばしば興が乗って、自分の考えもそのなかに書き込もうとしてみたが、なぜかうまくいかなかった。そこで、自分が話を聞いたとおりに、正確に書き記すことにした。それからその紙をエリーザベトに渡し、彼女はそれを宝箱の引き出しに丁寧にしまっておいた。夜、ときおり彼女がラインハルトのいる前で、書いてもらった話を自分のお母さんにノートから読んであげると、彼の心のなかには誇り高い満足感が広がるのだった。

七年が過ぎた。ラインハルトはさらに高等教育を受けるために、町を離れることになった。これからしばらくラインハルトのいない時期が続くのだという考えは、エリーザベトにはどうしても馴染めなかった。ある日、ラインハルトが彼女に言った。「いままでと同じように、これからもお話を書くよ。それをきみ宛ての手紙と一緒にぼくのお母さんに送るから、その話が気に入ったかどうか、返事をくれなくちゃダメだよ」出発の日が近づいてきたが、その前に羊皮紙本にはまだいくつもの詩が書かれた。次第に羊皮紙本の半分が詩で埋まっていったが、詩のことだけはエリーザベトには秘密だった。羊皮紙本も、詩のほとんども、作られたきっかけはエリーザベトにあったのだが。

六月だった。ラインハルトは明日旅立つことになっていた。みんなはその前にもう一度、一緒に陽気な一日を過ごそうとした。そこで、わりと大きな人数で、近くにある森の一つに行ってピクニックをすることになった。森の端までの延々と続く道は、馬車で移動した。それから食べ物の入ったかごを持ち、さらに歩いていった。まずはモミの木の林を抜けていかなくてはならなかった。そこは涼しくて薄暗く、地面には針のような細い葉が散らばっていた。三十分歩くとモミの暗がりから抜け、爽やかなブナの森に入る。ここは明るくて緑色で、ときおり日の光が葉の多い枝の隙間から差し込んできた。一匹のリスが、頭上で枝から枝へと飛び移っている。大昔からあるブナの木が梢を寄せ、透明な葉のアーチを作りだしている場所で、一行は足を止めた。エリーザベトのお母さんがかごを開け、一人の老人が、もったいぶって食料分配係として名乗りを上げた。「きみたち若鳥さん、みんな周りに集まって！」彼は大声で言った。「わたしの言うことをしっかり聞くんだよ。朝ご飯として、いまからみんなに小型の白パンを二つずつあげよう。バターは家においてきたから、付け合わせは自分で探さなくちゃいけないよ。森にはたっぷりイチゴがある。もちろん、見つけることができたらの話だけどね。要領の悪い人は乾いたパンを食べることになる。人生なんて、いつもそんなもんだ。話はわかったかな？」

「はーい」と、若者たちは大声で答えた。

「よしよし、こっちをごらん」と、老人は言った。「話はまだ終わっていないんだ。我々大人は、これまでの人生で充分あちこち歩き回った。だからいまはここにとどまるよ。つまり、この大きな木々の下に陣取って、じゃがいもの皮を剝き、火を熾して食卓の準備をする。時計が十二時になったら、卵も料理する予定だ。きみたちはそのお礼として、集めたイチゴの半分は大人に分けてくれなくちゃいけないよ。大人もデザートを食べられるようにね。では、東でも西でも行って、しっかりがんばりたまえ！」

若者たちはそれぞれ、いたずらっぽい顔をした。「待って！」と老人がもう一度叫んだ。「言う必要はないかもしれないが、イチゴを一つも集められなかった者は、もちろん一つも大人に渡さなくていい。だが、このことは肝に銘じてほしい。その人は、大人からも何ももらえないんだよ。じゃあ、きょう一日のための教訓はそれで充分だ。さらにイチゴも手に入れば、きょうのところはうまく切り抜けたことになる」

若者たちはうなずき、二人ずつ連れだってイチゴを探しに行き始めた。

「おいでよ、エリーザベト」ラインハルトが言った。「ぼく、イチゴがたくさん生えている場所を知ってるんだ。きみは乾いたパンを食べなくてすむよ」

エリーザベトは麦わら帽子に付いている緑のリボンを結び直すと、ラインハルトの腕につかまった。「さあ、行きましょ」と彼女は言った。「かごの準備は万端よ」

二人は森に入り、どんどん奥まで歩いていった。じめじめして見通しの悪い木の陰を通っていくとき、すべてがまったく静まりかえっていた。二人からは見えない頭上の空から、鷹の鳴き声だけが聞こえてきた。それからまたびっしり茂った藪のなかを通った。あまりにも密生しているので、道を踏み固めたり、こっちの枝を折ったりあっちの蔓を曲げたりするために、ラインハルトが先に立っていかなくてはならなかった。しかしまもなく、背後でエリーザベトが彼の名を呼んでいるのが聞こえた。彼は振り返った。「ラインハルト！」彼女は叫んだ。「待ってちょうだい、ラインハルト！」彼にはエリーザベトの姿が見えなかったが、見回すうちにようやく、少し離れた灌木の茂みと闘っているのが見えてきた。彼女のほっそりした小さな頭が、雑草のすぐ上にちょっぴり出ているだけだった。彼は戻っていって、雑草や灌木が乱雑に茂っているなかからエリーザベトを助け出し、開けた場所に連れていった。そこでは青い蝶たちが、ぽつんぽつんと咲いている森の花のあいだをひらひらと飛んでいた。ラインハルトはすっかりほてっているエリーザベトの顔から、湿った髪の毛を払いのけてやった。それからまた麦わら帽子をかぶせてやろうとしたが、エリーザベトはそれを嫌がった。でもラインハルトが頼むと、おとなしく帽子をかぶらせてもらった。

「あなたが言ったイチゴはどこにあるの？」立ち止まって深く息をつきながら、彼女が尋ねた。

「ここにあったんだけどな」と彼は言った。「でもヒキガエルが先に来て食べちゃったのかな。それともイタチか、もしかしたら妖精かも」

「そうね」とエリーザベトは言った。「まだ葉っぱは残っているものね。でもここで妖精の話はしないで。行きましょう、まだぜんぜん疲れていないし、もっと探しましょうよ」

目の前には小川が流れていた。その向こうはまた森が続いていた。ラインハルトはエリーザベトを腕に抱き上げると、向こう岸に運んだ。しばらく行くと、また木の葉の陰から広い空き地に出た。「ここにイチゴがあるに違いないわ」彼女は言った。「とても甘い匂いがするもの」

二人は日当たりのよい空間を探し回ったが、イチゴは一つも見つからなかった。「ダメだ」とラインハルトが言った。「ヒースの香りしかしないや」

ラズベリーの茂みとセイヨウヒイラギが、いたるところで絡み合っていた。丈の短い草と交代で地面の空いた場所を覆っているヒースが、強い香りで空気を満たしていた。「ここは寂しい場所ね」エリーザベトが言った。「他のみんなはどこに行ったのかな？」

でもラインハルトは、後戻りすることなど考えなかった。「ちょっと待って、風はどこから来ているだろう？」彼はそう言うと、片手を高く上げた。しかし、風は吹いていなかった。

「静かに」エリーザベトが言った。「誰かの話し声が聞こえた気がする。あっちに向かって呼んでみてよ」

ラインハルトは手を筒のようにして「こっちへ来いよ！」と叫んだ。「こっちへ！」

と声が戻ってきた。

「答えてくれた！」エリーザベトは手を叩いた。

「違うよ、あれは誰でもない、ただの木霊だよ」

エリーザベトはラインハルトの手を取った。「怖い！」彼女は言った。

「いや」とラインハルトは言った。「怖がらなくてもいい。ここは素敵な場所だよ。あそこの草のなかで日陰に座ってごらん。しばらく休もう。他の人はすぐに見つかるよ」

エリーザベトは枝を張り出しているブナの木の下に座り、あらゆる方向に耳を澄ましていた。ラインハルトはそこから数歩離れた木の切り株に腰を下ろし、黙って彼女の方を見ていた。ちょうど太陽が真上に来ていた。じりじりと暑い、真昼の熱気だった。鋼のように青い小バエたちが、黄金色に光りながら羽を振るわせ、空中に静止していた。二人の周りからは、ブンブン、ジージーという小さな音が聞こえてきた。ときおり森の奥からも、キツツキが木をつつく音や、森に棲む別の鳥たちの旋回する羽音が聞こえてきた。

「聞いて！」エリーザベトが言った。「鐘が鳴ってる！」

「どこで？」ラインハルトが訊いた。

「わたしたちの後ろの方。聞こえる？　お昼になったのよ」

「じゃあ町はぼくたちの後ろにあるんだな。この方向にまっすぐ行けば、みんなに会えるはずだ」

そういうわけで、二人は引き返し始めた。イチゴ探しはあきらめた。エリーザベトが疲れてしまったからだ。ようやく木々のあいだから、人々の笑い声が聞こえてきた。白い布が地面に広げられて輝いているのが見えた。それが食卓の代わりで、そこにはイチゴが山のように置いてあった。くだんの老人はボタン穴にナプキンを差し込み、熱心に焼き肉を切り分けながら、若者たちに向かって道徳的なお説教の続きをしていた。

「落伍者が来たぞ」ラインハルトとエリーザベトが木々のあいだからやってくるのを見て、若者たちははやし立てた。

「こっちへおいで！」老人が呼びかけた。「布を広げて、帽子を逆さにしてごらん！集めたものを見せなさい」

「空腹と喉の渇きだけです！」ラインハルトが言った。

「それが全部だとすると」と老人は答え、二人に向かって食べものでいっぱいの鉢を持ち上げた。「これはお預けだな。どういう取り決めだったか、わかっているね。ここには怠け者にあげる食事はないんだよ」しかし、食べさせてくださいとお願いすると、老人も結局は言うことを聞いてくれた。宴会になったが、それに合わせてビャクシンの茂みからはツグミが飛び出してきた。

そうやって一日が過ぎた。ラインハルトは何かを見つけていた。イチゴではなかったが、やはり森のなかには何かがあったのだ。家に戻ると、彼は古い羊皮紙の本にこう書きつけた。

なだらかな山の斜面で
風はすべて口をつぐみ、
枝は低く垂れ下がり
その下にあの子が座る。

ジャコウソウに囲まれ

ふくよかな香りに包まれて、
青い小バエの羽音が響き
稲妻が空気を切り裂く。

森はひっそりとたたずみ
彼女は賢《さかし》げになかを覗く、
茶色の巻き毛の周りに
日光が降り注ぐ。

遠くでカッコウが笑い
ぼくの頭にはふと考えが浮かぶ、
彼女は森の女王の
黄金の目をしていると。

エリーザベトは彼が守ってやる相手というだけではなく、これから花開いていく彼の人生のなかで、すべての愛らしいもの、すばらしいものを代表する存在だったのだ。

子どもが道端に立っていた

クリスマスの夜が近づいてきた。ラインハルトがほかの学生たちと、市庁舎の食堂で古い樫の木のテーブルについていたのは、午後のことだった。壁に取り付けられたランプには火が灯っていた。半地下になっている食堂のなかは、もう暗くなっていたからだ。集まった客は少なく、給仕たちは所在なげに壁の柱に寄りかかっていた。部屋の片隅にはいかにも鋭敏なロマらしい顔をした、バイオリン弾きの男とチターを弾く娘が座っていた。二人は楽器を膝の上に置き、無関心にぼうっと前を見つめているようだった。

学生たちがいるテーブルでは、シャンパンの栓を抜くポンという音が響いた。「お飲みよ、ボヘミアの可愛子ちゃん！」貴族のような外見をした若者が大声で言いながら、なみなみと注いだグラスを娘に渡した。

「飲めないわ」彼女は前と同じ姿勢のまま言った。

「さあ、歌ってくれよ！」貴族の青年が叫び、彼女の膝に銀貨を一枚投げた。バイオリン弾きが彼女の耳許で何かをささやいているあいだ、娘はゆっくりと指で黒髪を撫でていた。けれども頭はしっかりと上げ、チターに顎をのせていた。「あの人のためには歌わない」娘は言った。

ラインハルトはグラスを持って勢いよく立ち上がり、彼女の前に立った。

「何がしたいの？」彼女は反抗的に尋ねた。

「きみの目が見たいのさ」

「あたしの目が、あんたに何の関係があるの？」

ラインハルトは目をキラキラさせながら彼女を見下ろした。「その目が偽物だって、知ってるからさ！」彼女は片手で頬杖をつくと、獲物を狙うように彼を見つめた。ラインハルトはグラスを口許まで持ち上げた。「きみの美しくて罪深い目に乾杯！」彼はそう言って飲んだ。

彼女は笑って頭を振った。「ちょうだいよ！」そう言うと、黒い目を彼の目にぴったりと向けながら、ゆっくりと残りを飲み干した。それから三和音を爪弾くと、低い情熱的な声で歌い始めた。

今日、ただ今日一日だけ
あたしはこんなに美しい。
明日は、ああ、明日は、
すべてが過ぎ去ってしまう！
ただこの時間だけ、
あなたはわたしのもの。
死ぬとき、ああ、死ぬときは
あたしはひとりぼっち。

バイオリン弾きが速いテンポで後奏を弾いているあいだに、新しく来た者がグループに加わった。

「きみを迎えに来たんだよ、ラインハルト」彼は言った。「きみが出かけたあとで、天使の姿をした子ども[1]がきみのところに来たんだよ」

「天使の子どもだって？」ラインハルトは言った。「ぼくのところには、もうそんなものは来ないよ」

「何言ってるんだよ！　きみの部屋は、モミの木とブラウンケーキの匂いでいっぱいだったぞ」

ラインハルトはグラスを置くと、帽子をつかんだ。

「どうしたの？」娘が尋ねた。

「また来るから」

彼女は額にしわを寄せた。「ここにいてよ！」彼女は小さな声で言い、馴れ馴れしい様子で彼を見つめた。

ラインハルトはためらった。「ダメなんだ」彼は言った。

彼女は笑いながら爪先で彼を押しやった。「行きなさいよ！」彼女は言った。「あんたって、役に立たない人ね。あんたたちみんなまとめて、役に立たないわ」彼女が背を向けた隙に、ラインハルトはゆっくりと地下室の階段を上っていった。

路上に出てみると、外はすっかり薄暗闇に包まれていた。彼は熱い額に冷たい冬の

1　クリスマスには天使の姿をした子どもがプレゼントを運んでくるといわれている。

空気を感じた。あちこちの窓から、ろうそくに火を灯されたクリスマスツリーが明るい光を投げかけていた。ときおり家のなかから小さな笛やブリキのトランペットの音が、子どもたちの歓声に混じって聞こえてきた。物乞いの子どもたちが連れ立って家から家へと回ったり、自分たちには手の届かないすばらしいお祝いの様子を、階段を上がって窓から一目見ようとしていた。ときおり突然どこかの家の扉が開いて、罵り声が小さなお客さんたちの群れを、明るい家から暗い路地へと追い立てた。別の家では玄関で古いクリスマスソングが歌われていて、女の子の澄んだ歌声がそのなかに混じっていた。ラインハルトはそうした声には耳を貸さず、急ぎ足で人々の脇を通り過ぎ、別の道に曲がっていった。自分の下宿に着いたときには、ほとんどもう真っ暗になっていた。彼はよろよろしながら階段を上がり、自分の部屋に入った。すると、甘い香りが彼を出迎えた。実家のお母さんが飾りつけたクリスマスの部屋のような香りがしたので、一気に故郷にいるような気分になった。震える手で明かりをつけてみると、大きな小包が机の上に置いてあった。開いてみると、昔なじみの祝日用の茶色い焼き菓子がこぼれ落ちてきた。いくつかの菓子には、ラインハルトのイニシャルが砂糖で書かれていた。エリーザベトが書いてくれたに違いない。それから、繊細な刺繍を施した布製品の包みが現れ、ハンカチやカフスなどが出てきた。そして最後に母親とエリーザベトからの手紙が現れた。ラインハルトはまず、エリーザベトからの手紙を開いた。

「きれいな砂糖の文字を見てもらえば、誰が焼き菓子を作るのを手伝ったか、もうおわかりでしょう。あなたのためにカフスの刺繍をしたのも同じ人物です。こちらでは、クリスマスの夜はとても静かになるでしょう。母はいつも九時半には紡ぎ車を隅に片付けてしまいます。あなたがいなくて、この冬はとても寂しいです。この前の日曜日には、あなたがプレゼントしてくれたムネアカヒワも死んでしまいました。わたしは大泣きしました。世話はちゃんとしていたのです。鳥かごに陽が当たる午後になると、いつも歌ってくれていました。あまりに力いっぱい歌うので、黙らせるために母がよく鳥かごに布をかぶせたことは、あなたも知っているとおりです。鳥が死んで、部屋はますますひっそりとしています。でもときどき、あなたの幼なじみのエーリヒさんがうちを訪問してくれるようになりました。あの人は自分が着ている茶色のオーバーにそっくりだって、あなた前に言ったわよね。エーリヒさんがドアから入ってくるたびに、そのことを考えずにはいられません。すごくおかしくなっちゃうんだけど、このことは母には言わないで。母はすぐに不機嫌になるから。――わたしがあなたのお母さんにどんなクリスマスプレゼントをするか、当ててごらんなさい！　わからない？　わたし自身をプレゼントするの！　エーリヒさんがわたしを黒いチョークで描いてくれているんです。もう三回も、モデルになりました。いつもまるまる一時間かかるのよ。よその人がわたしの顔をそれほど詳しく見知ることになるなんて、とても嫌な気分でした。モデルにはなりたくなかったけど、母に説得されたのです。親切なヴェルナー夫人がきっと大喜びして下さるだろうからって。

でもあなたは約束を守らなかったわね、ラインハルト。お話を送ってくれなかった。わたしはそのことで、よくあなたのお母さんに愚痴をこぼしました。するとお母さんは、いまあの子にはそんな子どもっぽいことよりも、やらなくちゃいけないことがたくさんあるから、と言っていました。でもわたしはその説明を信じません。きっと違う理由なのでしょう」

それからラインハルトは、母親からの手紙も読んだ。両方の手紙を読み終わり、ゆっくりとたたんで脇に置くと、故郷が懐かしくてたまらなくなった。しばらくのあいだ、部屋を行ったり来たりして、小さく呟いたり、自分に聞こえるように半ば声に出して言ったりした。

　　彼はほとんど道を踏み外し、
　　そこから抜け出すことができなかった。
　　するとあの子どもが途上に立ち、
　　彼を家へと招いたのだ！

　ラインハルトは机に歩み寄り、いくらかの金を取り出すと、また路上に降りていった。――外はさっきよりも静かになっていた。ツリーのろうそくは燃え尽き、あちこちの家を訪ね回る子どもたちも、もういなかった。人気《ひとけ》のない寂しい通りを風が吹き抜けていった。老いも若きもいまは家族と一緒に、家のなかに座っていた。クリスマスの夜の第二部が始まったのだ。
　市庁舎の地下食堂の近くに来ると、低いところからバイオリンの音色とチターを弾く娘の歌声が聞こえてきた。下の方で地下室の扉につけた鐘が鳴り、黒っぽい姿がふらふらと、ぼんやり照らされた幅の広い階段を上がってきた。ラインハルトは家々の影のなかに隠れ、すばやくそこを通り過ぎた。しばらく歩いて、明かりのついた宝石店にたどり着き、そこで紅珊瑚の小さな十字架を購入すると、いま来たのと同じ道を戻っていった。

自分の住まいからほど遠からぬところで、みすぼらしいボロ布にくるまった小さな女の子が、建物の入り口の大きな扉の前に立ち、それを開けようとがんばっているのを見かけた。「手伝ってあげようか?」と、ラインハルトは言った。子どもは何も答えなかったが、重たいドアノブを手から離した。ラインハルトはすぐにドアを開けてやった。「いや、ダメだ」と彼は言った。「この家の人たちは、きみを追い返すだろう。ぼくと一緒においで! クリスマスの焼き菓子をあげるよ」ラインハルトはまた扉を閉じると、小さな女の子の手を取った。女の子は黙ったまま、彼の家までついてきた。

ラインハルトは先ほど出かけたときに、部屋の明かりをつけっぱなしにしていた。「ここにお菓子があるよ」と彼は言い、送ってもらった貴重なお菓子の半分を子どものエプロンに入れてやったが、砂糖でイニシャルが書いてあるものは入れなかった。「さあ、家に帰って、お母さんに渡すんだ」子どもはおずおずした目で彼を見上げた。こんなに親切にしてもらうのには慣れていなくて、どうしていいかわからなかったのだ。ラインハルトがドアを開け、足許を照らしてやると、菓子を抱えた子どもは鳥のようにすばやく階段を下り、家に向かって走っていった。

ラインハルトはストーブの火を掻き起こし、埃をかぶったインク壺を机に置いた。それから腰を下ろすと、一晩中、母親への手紙、エリーザベトへの手紙を書き続けた。焼き菓子の残りは手をつけられずにその脇に置かれていたが、エリーザベトからのカフスは身につけていた。それは、白いウールの上着にぴったり似合っていた。冬の太陽が凍った窓ガラスを照らし、鏡のようになったガラスが青ざめた真剣な顔を映す時間まで、彼はそうやってずっと座っていた。

故郷にて

復活祭の季節に、ラインハルトは帰郷した。家に着いた翌朝、エリーザベトのところに出かけていった。「なんて大きくなったんだ！」すらりとした美しい娘がほほえみながら歩いてくるのを見て、ラインハルトは言った。エリーザベトは頬を赤らめたが、何も答えなかった。そして、歓迎の挨拶の握手で彼の手に包まれた自分の手を、そっと引っ込めようとするのだった。彼は不思議そうにエリーザベトを見つめた。彼女がそんな態度を取るなんて、以前は一度もなかったからだ。まるで、何か見知らぬものが二人のあいだに入り込んだようだった。——その違和感は、彼がしばらく故郷に滞在し、毎日のようにエリーザベトを訪問しても、ずっと残っていた。二人で座っていると沈黙が訪れることがあり、それがラインハルトには気詰まりだったので、不安になりつつ沈黙を避けるようにした。休暇のあいだ、何か決まったテーマで会話ができるように、彼はエリーザベトに植物学を教え始めた。それは、彼が大学での最初の数か月間、折に触れて学んでいたことだった。何に関してもラインハルトに従うことに慣れていて、勉強の意欲もあったエリーザベトは、進んでその提案に乗ってきた。いまでは二人は一週間に何度も畑地や荒野に遠足をし、昼どきには緑の採集カプセルに雑草や花を一杯に詰めて家に持ち帰ってきた。数時間も経つとラインハルトがまたやってきて、エリーザベトと一緒に見つけた植物を分類するのだった。

そのような心づもりで彼がある午後部屋に入ると、エリーザベトが窓辺に立ち、これまでラインハルトが見たことのない金メッキを施した鳥かごに、新鮮な鳥の餌を差し入れていた。鳥かごには一羽のカナリアがいて、羽をバタバタさせて飛び回りながら、エリーザベトの指をつついている。以前ならラインハルトがプレゼントしたヒワの入ったかごが、この場所に吊るされていた。「ぼくの可哀想なムネアカヒワが死んで、カナリアに生まれ変わったのかな？」彼は陽気に尋ねた。

「ムネアカヒワではありませんよ」肘掛け椅子に座って糸を紡いでいたエリーザベトのお母さんが答えた。「あなたのお友だちのエーリヒさんが、きょうのお昼にエリーザベトのために、農場からわざわざ持ってきて下さったんです」

「どの農場ですか？」

「ご存じないんですね？」

「何のことでしょう？」

「エーリヒさんはひと月前に、みずうみのほとりにあるお父さまの第二農場を引き継がれたんです」

「でもこれまで、一言もその話はされませんでしたよね？」

「おやおや」とエリーザベトのお母さんは言った。「あなただってこれまで、一言もお友だちの消息を尋ねませんでしたよ。あの方はとても親切で、思慮分別のある若者です」

お母さんはコーヒーの準備をするために部屋を出ていった。エリーザベトはラインハルトに背を向けて、まだ小さな鳥かごの世話をしていた。「ちょっとだけ待って、すぐに終わるから」彼女は言った。――いつもならすぐに返事をするラインハルトが黙っていたので、彼女は振り返った。彼の目にはこれまでに見たことのないような、

突然の苦悩が浮かんでいた。「どうしたの、ラインハルト?」彼に近づきながら、エリーザベトは尋ねた。

「ぼくがどうしたって?」彼は上の空で尋ね、彼女とぼんやり目を合わせた。

「あなた、とても悲しそうに見えるんだけど」

「エリーザベト」と彼は言った。「ぼくは黄色い鳥が大嫌いなんだ」

彼女は驚いてラインハルトを見つめ、「変な人」と言った。

彼はエリーザベトの両手を取った。彼女もおとなしくその手を彼に預けていたが、そこに、お母さんが入ってきた。

コーヒーを飲んだあと、お母さんはまた糸車のそばに座り、ラインハルトとエリーザベトは植物を分類するために隣の部屋に行った。そこで二人は雄しべや雌しべを数え、葉や花びらを丁寧に広げて、どの種類も二つずつ乾かして押し花にするために、

大型本のページのあいだに挟んだ。日差しの暖かい午後の静けさのなか、隣からはお母さんの糸車の音だけが聞こえてくる。ときおり、植物の種や属について話したり、エリーザベトの不器用なラテン語発音を訂正したりする、ラインハルトのくぐもった声も聞こえた。

「最近の花だとスズランが足りないわ」採集した植物をすべて分類し終わったあと、エリーザベトが言った。

ラインハルトは小さな白い羊皮紙の帯状布をポケットから取り出した。「ここに、きみのためのスズランの茎が入ってるよ」乾きかけの植物を取り出しながら、彼は言った。

記述された葉を眺めたエリーザベトは、「またお話を書いてくれた？」と尋ねた。

「お話じゃないけど」と彼は答え、エリーザベトにノートを渡した。

そこに書かれていたのは詩ばかりで、たいていはせいぜい一ページの長さだった。エリーザベトは一ページずつめくっていった。ただタイトルだけを読んでいるようだった。「あの子が先生に怒られたとき」、「二人が森で迷ったとき」、「復活祭のお話のこと」、「初めて手紙をもらったとき」。ほとんどすべてがこんな調子だった。ラインハルトは探るような目を彼女に向けていたが、どんどんページを繰るなか、最後にその涼やかな顔に柔らかい赤みが差し、それが顔全体に広がっていくのを目撃した。彼女の目を見たいと思ったが、エリーザベトは目を上げずに黙ったまま、おしまいにそのノートを彼の前に置いた。

「そんなふうに返さないでほしいな！」と彼は言った。

彼女は鉛の小箱から、茶色の稲を取り出し、「あなたの好きな草を入れておくわね」と言うと、彼の手にノートを戻した。——

ついに休暇の最後の日が来て、出発の朝になった。エリーザベトはお母さんに頼んで、自宅から何本か先の通りにある郵便馬車の停留所まで、ラインハルトを見送りに行く許可を得た。玄関から外に出ると、ラインハルトは彼女に腕を貸した。そうやって、ラインハルトは黙ったまま、ほっそりした娘の隣を歩いていった。停留所に近づけば近づくほど、長い別れを告げる前に彼女に言っておかなければいけないことがある、という気持ちになってきた——そこに、将来の生活のすべての価値、すべての愛情がかかっているのだ。しかし彼には、窮地を救うような言葉が思い浮かばなかった。そのことで不安になり、足どりはどんどんゆっくりになった。

「このままだと乗り遅れる」エリーザベトが言った。「聖母教会の鐘が十時を打ったでしょ」

それを聞いても、ラインハルトの歩みは速くならなかった。ついに彼は、つっかえながら言った。「エリーザベト、ぼくたちはこれから二年間会えないんだ――戻ってきても、いまと同じように好きでいてくれるかな？」

彼女はうなずき、親しみを込めて彼の顔を見つめた。――「わたし、あなたの弁護もしたのよ」ちょっと沈黙してから、彼女が言った。

「ぼくを？　誰に対して弁護したの？」

「お母さんに対してよ。夕べ、あなたが帰ってから、長いことあなたについて話をしたの。お母さんは、あなたが昔ほど善良じゃなくなったと言うのよ」

ラインハルトは一瞬、黙り込んだ。それから彼女の手を取り、子どものような目を真剣に覗き込みながら言った。「ぼくはまだ前と同じくらい善良だよ。そのことを信じてほしい！　信じてくれる、エリーザベト？」

「ええ」と彼女は言った。彼はエリーザベトの手を離すと、最後の通りを急ぎ足に進んでいった。別れが近づけば近づくほど彼の顔は嬉しげになり、ほとんど彼女が追いつけないほど、速く歩いていくのだった。

「どうしたの、ラインハルト?」彼女は尋ねた。

「ぼくには秘密がある、素敵な秘密が!」彼は言い、輝く目で彼女を見つめた。「二年後に戻ってきたら、きみに伝えるよ」

そうこうするうちに彼らは郵便馬車の停留所に着いた。ちょうど時間に間に合った。ラインハルトはもう一度、彼女の手を取った。「元気でね!」彼は言った。「元気で、エリーザベト。そのことを忘れないでね」

エリーザベトはうなずいた。「元気で!」彼女も言った。

馬車が角を曲がるとき、彼はもう一度、愛らしい姿がゆっくりと道を戻っていくのを見守った。

一通の手紙

ほとんど二年が過ぎるころ、ラインハルトは本や書類に囲まれながら、ランプの前で学友の到着を待っていた。すると誰かが階段を上がってきた。「どうぞ!」――それは家主のおかみさんだった。「ヴェルナーさん、お手紙ですよ！」そう言うと、彼女はまた立ち去った。

ラインハルトはあの帰郷以来、エリーザベトに手紙を書いておらず、彼女からの手紙も受け取っていなかった。いま届いた手紙も彼女からのものではなく、彼の母親からだった。彼はすぐに読み始めた。

「ラインハルトへ。あなたの年齢では、年ごとにいろいろなできごとがあるのでしょうね。青春は変化の多い時期ですからね。ここでも多くのことが変わりましたが、わたしの理解が正しければ、あなたが耳にすると傷つくようなこともあります。昨日、エーリヒさんがついに、エリーザベトから結婚の承諾を取り付けました。この三か月に二度プロポーズして断られたあとに、ようやくそうなったのです。彼女はずっと決心できずにいました。いまはその決心がついたというわけです。彼女はまだとても若いのですからね。まもなく結婚式です。そしてお母さまは、新婚夫婦のところに引っ越すそうです」

みずうみ

ふたたび、何年もの月日が過ぎ去った。――ある暖かな春の午後、日陰の多い森の下り道を、日に焼けた力強い面持ちの若い男性が歩いていた。まじめそうな灰色の目はしっかりと遠くを見つめ、単調な道に何か変化があるのではないかと待ち受けるようだったが、さしあたっては何も起こらなかった。しかし、やがて一台の荷馬車が現れ、ゆっくりと上ってきた。「いやあ、よかった！　そこのお方」と、歩いていた男は荷馬車の脇にいる農夫に呼びかけた。「この道は、みずうみに通じていますか？」

「まっすぐお行きなさい」と農夫は答えて、あいさつ代わりに麦わら帽に手をかけた。

「ここからまだ遠いんでしょうか？」

「もう少しですよ。パイプを半分も吸ったら、もうみずうみです。地主さんの屋敷はそのすぐそばですよ」

農夫は通り過ぎていき、若い男は前よりも足を速めて、木々に沿って歩いていった。

十五分後、突然左側の陰が途絶え、道は山の斜面を下っていったが、その斜面からは樹齢数百年の樫の木々がわずかに梢を覗かせていた。その梢の向こうに広々と、陽光溢れる風景が広がっていた。ずっと下の方にみずうみがあった。穏やかに濃紺の湖面をたたえ、周囲はほとんどぐるりと、太陽に照らされた緑の森に囲まれている。ただ一か所だけ、森にふさがれていない場所があって、さらに遠くまで見渡すことができたが、その眺めも背後の青い山並みによって閉じられていた。斜め前方には、森の緑の葉のなかに、雪のように白いところがあった。そこでは果樹が花を咲かせており、ちょうど高くなっているその岸辺の場所から、屋敷の白い壁と赤い煉瓦が突き出していた。一羽のコウノトリが煙突の上から飛び立ち、ゆっくりと湖上を旋回していた。――「みずうみだ！」と、歩いていた男は声を上げた。まるでもう目的地にたどり着いたかのように。というのも彼はしばらくそこに立ちどまって、木々の梢越しに足下を見下ろし、屋敷の鏡像が水面でゆっくりと揺れている向こう岸まで眺めやっていたからだ。それからふいに、また歩き出した。

坂道は、いまではほとんど急斜面になっていた。そのために、下に生えている木々がまた日陰を作ってくれるようになり、同時にみずうみへの眺めは遮られて、ただときおり枝のあいだから垣間見えるだけになった。やがて道はまた緩やかに上りとなり、左右の木々がなくなった。その代わりにびっしりと葉を茂らせたブドウ畑が道沿いに現れた。その両側には花を咲かせた果樹が立ち並び、蜂たちがハミングしながら蜜を集めていた。茶色いコートを着た、がっしりした体格の男性が、歩いている男に向かってきた。すぐそばまで来ると、その男性は帽子を振り回し、明るい声で呼びかけた。「ようこそ、ようこそ、ラインハルト！　みずうみの農場へようこそ！」「こんにちは、エーリヒ、歓迎してくれてありがとう！」もう一方の男が大きな声で答えた。

二人はそこで向き合い、握手をした。「ほんとうにきみなのか？」とエーリヒは、昔の学友のまじめな顔を間近で見ながら言った。

「もちろんぼくだよ、エーリヒ、きみだってそうだろう。でもきみは、以前よりもっと明るくなったみたいだね」

この言葉を聞くと、単純な造作のエーリヒの顔に陽気なほほえみが浮かび、さらに明るい表情になった。「そうだね、ラインハルト」彼はラインハルトにもう一度手を差し出しながら言った。「ぼくは、あれから大きな当たりくじを引いたんだよ。そのことはきみも知っているだろう」エーリヒは両手をこすり合わせ、満足そうに叫んだ。

「これでびっくりさせられるぞ！　彼女は、きみが来るとは思ってないんだ。ぜんぜん、まったくね！」

「びっくりさせる？　誰を？」ラインハルトが尋ねた。

「エリーザベトだよ」

「エリーザベト！　きみは彼女に、ぼくが来ることを言っていないの？」

「一言もだよ、ラインハルト、彼女もお母さんも、お客がきみだとは思っていないんだ。再会の喜びが大きくなるように、きみにはこっそり手紙を書いたというわけさ。ぼくがいつも静かに計画を練る男だということは、きみも知っているだろう」

ラインハルトは考えこみ、農場に近づくにつれて呼吸も重くなるようだった。道の左側ではブドウ畑も途切れ、ほとんど湖岸まで続く、広々とした家庭菜園が現れた。いつのまにかコウノトリが舞い降り、もったいぶった足取りで野菜畑の畝のあいだを歩き回っている。「こらあ！」エーリヒは叫んで、両手を打ち合わせた。「足の長いエジプトの鳥が、またぼくの若いエンドウの苗を荒らしている！」鳥はゆっくりと体を起こし、家庭菜園の端にある新しい建物の屋根に飛んでいった。その建物の壁を、枝をたわめられた桃や杏の木がびっしりと囲んでいた。「ここで蒸留酒を造っているんだ」エーリヒは言った。「ぼくがこの作業場を作らせたのは二年前だ。倉庫や畜舎は、生前の父が新しく作らせた。屋敷を建てたのは祖父だ。こうやって、少しずつ発展していくんだ」

そのとき、二人は開けた広い場所にやってきた。その場所の両脇は田舎らしい農舎で区切られており、奥に屋敷があった。屋敷の両翼は背の高い庭塀につながっていて、その背後には黒っぽいイチイの木が壁のように並んでいるのが見えた。ところどころ、ライラックの木が満開の枝を中庭に垂らしていた。日に焼け、労働で顔をほてらせた男たちがその広場を通り抜けながら、連れだって歩く友人同士にあいさつしたが、エーリヒはその間にもこちらの男、あちらの男と指示を与え、その日の仕事の成りゆきについて大声で質問をするのだった。――それから二人は屋敷に到着した。天井の高い、涼しい玄関が彼らを迎えた。二人は玄関の奥で、左手にある薄暗い廊下へと曲がっていった。ここでエーリヒが一つのドアを開けると、二人は庭園に面した、ゆったりとした広間に足を踏み入れた。その部屋は、向かい合う窓が密生する葉で覆われていて、どちらの側も緑の闇に包まれていたが、そのあいだに二枚の背の高い、広く開けられた両開きのドアがあり、そこから春の太陽の輝きが差し込んで、庭の景色が見渡せた。その庭にはきめ細かく手入れされた花壇と、葉っぱでできた背の高いアーチがあり、そのまんなかに幅の広い通路があって、そこからみずうみと対岸の森を見ることができた。二人がその広間に入ると、開いたドアから吹き込む風がどっと花の香りを運んできた。

庭に通じるドアの外側のテラスに、白い服を着た、娘のように若々しい女性が座っていた。彼女は立ち上がり、入ってきた男たちに向かって歩いてきた。しかし、その途上で根が生えたように立ち止まり、客の男をじっと見つめた。彼はほほえみ、彼女に手を差し出した。「ラインハルト！」彼女は叫んだ。「ラインハルト！　なんてこと、あなたなのね！――長いことお会いしなかったわね」

「久しぶり」と彼は言い、それ以上続けることができなかった。というのも、彼女の声を聞いたとたん、かすかな胸の痛みを感じたからだ。彼女に向かって顔を上げると、彼女は何年も前に故郷の町で「元気で！」と言ったときと同じ、情愛に満ちた軽やかな姿で彼の前に立っていた。

エーリヒはまだドアのところに立ちながら、喜びで顔を輝かせていた。「ね、エリーザベト」彼は言った。「どうだい！　ラインハルトが来るとは、夢にも思っていなかっただろう！」

エリーザベトは妹のような目でエーリヒを見つめた。「あなたっていい人ね、エーリヒ」彼女は言った。

エーリヒは彼女の細い手を愛撫しながら握りしめた。「せっかく来てもらったんだから」と彼は言った。「すぐに帰らせるわけにはいかないね。こんなに長いことよそにいたんだから、また故郷に慣れてもらわなくちゃ。ご覧よ、彼がどんなに見慣れない上品な様子になっちまったか」

エリーザベトの恥ずかしそうなまなざしが、ラインハルトの顔を撫でていった。

「一緒にいなかった時間のせいだよ」彼は言った。

そのとき、鍵が入ったかごを腕に下げたエリーザベトのお母さんが、ドアから入ってきた。「ヴェルナーさん！」ラインハルトを見て、お母さんは言った。「あら、なんて嬉しい、思ってもみなかったお客さんでしょうね」――それからは、問いと答えからなる会話が、どんどん進んでいった。女性たちは仕事を始め、ラインハルトが自分のために用意された軽い食事や飲み物を味わっているあいだに、エーリヒは堅牢な海泡石のパイプに火を点け、彼のそばで煙をくゆらせながら熱心に話をしていた。

翌日、ラインハルトはエーリヒと一緒に、農地やブドウ畑、ホップ農園、蒸留酒の工場などを見に出かけることになった。すべてが順調に営まれていた。畑や蒸気ボイラーのそばで働いている人びとは、誰もが健康で満足そうな顔をしていた。昼食には家族全員が庭園の間《ま》に集まり、午後はそれぞれの気分に応じて、多かれ少なかれ一緒に何かをして過ごした。ただ、朝の始まりの時間と夕食前の時間は、ラインハルトは自分の部屋で仕事をしながら過ごした。彼は数年来、民衆のあいだに伝承されている韻を踏んだ詩や歌謡などをできるかぎり収集していて、それらのコレクションを分類し、できればこの地方で新しい収集を行って、さらにその数を増やそうと考えていた。――エリーザベトは終始穏やかで、親切だった。エーリヒがいつも細やかに気を配るのを、ほとんど卑下するかのような感謝で受けとめているのを見て、ラインハルトはときおり、かつてのあの陽気なエリーザベトはこんな静かな女性になるはずではなかったのに、と考えたりしていた。

滞在の二日目から、彼は夕刻に湖畔までの散歩をするようになった。湖畔への道は、ずっと庭園のなかを通っていた。道はみずうみに突き出した岩のところで終わり、そこには背の高い白樺の木の下にベンチが一台置かれていた。エリーザベトのお母さんはそのベンチを「夕方のベンチ」と名づけていた。ベンチが西の方を向いていて、日没を見ようとしてその時間帯に腰を下ろす人が多かったからだ。——ある晩、そのコースを散歩していたラインハルトが屋敷に戻ろうとすると、ふいに雨が降ってきた。彼は水辺に立っている西洋菩提樹の下で雨宿りしたが、重たい水滴はまもなく木々の葉を通して打ちつけるようになった。びしょびしょになったラインハルトは、もう雨には逆らわず、ゆっくりと道を戻り始めた。周囲はほとんど暗くなっていて、雨はますます激しくなった。「夕方のベンチ」に近づくと、ほの白い白樺の幹のあいだに白い服を着た女性の姿が見えたように思った。その女性はじっと立ち尽くしていて、彼が近づいてみると、まるで誰かを待っていたかのようにこちらへ向き直ったのが見えた。エリーザベトだ、と彼は思った。しかし、彼女のところに行こう、一緒に庭を通って家に戻ろうと足を速めて近づいていくと、彼女はゆっくり背を向け、暗い脇道に姿を消してしまった。ラインハルトはいぶかしく思い、エリーザベトに対してほとんど腹を立てんばかりだったが、ほんとうにエリーザベトだったのかどうか疑ってもいた。彼女に直接尋ねることはためらわれた。エリーザベトが庭の扉から入ってくるのを見ないようにするためだけに、彼は帰り道、庭園の間《ま》を通ることを避けた。

母が望んだことでした

それから数日後、もう晩に近い時間に、家族はいつものように庭園の間に集まっていた。ドアは開け放されていて、太陽はすでに向こう岸の森の後ろに沈んでいた。その午後、田舎に住んでいる友人たちから送られてきた民謡を紹介してくれないか、と一同がラインハルトにリクエストした。彼は自分の部屋に行き、すぐにくるくると巻いた紙を持って戻ってきたが、それは一枚一枚の紙に丁寧に清書したもののようだった。

みんなはテーブルの周りに座った。エリーザベトはラインハルトのそばに席を取った。「運を天に任せて読んでみよう」とラインハルトは言った。「ぼく自身も、まだ目を通していないのさ」

エリーザベトが原稿を広げた。「ここに楽譜もついてる」彼女は言った。「これは歌わなくちゃいけないわ、ラインハルト」

ラインハルトはまず、チロル地方のヨーデル付きのきわどい民謡をいくつか朗読し、その際にときおり愉快なメロディーを小さな声で歌った。そこにいた少数の人びとは、たちまち陽気な雰囲気に包まれた。「こんなおもしろい歌を、誰が作ったのかしら？」エリーザベトが尋ねた。

「やあ、それはもう歌を聞けばわかるだろう。仕立屋の徒弟と理髪屋と、似たような浅薄な人びとだよ」エーリヒが言った。

ラインハルトは言った。「作ったんじゃなくて、歌が自然に育っていったんだよ。その場の雰囲気から生まれて、『マリアの糸』[2]の伝説のようにあちこちに広まっていき、同時に何千もの場所で歌われるのさ。ぼくたちはこの歌のなかに、自分自身の行いや苦しみを見つける。まるでぼくたちも、この歌の成立に手を貸したような気がしてくるよ」

彼は別の紙を手に取った。「わたしは高い山の上にいた……」

「その歌、知ってるわ！」エリーザベトが叫んだ。「声を合わせてみて、ラインハルト、わたしが手伝うから」そうやって二人は、エリーザベトのくぐもったアルトの声がラインハルトのテナーをバックアップする形で、人間が考え出したとは思えないほど謎めいたメロディーを歌った。

エリーザベトのお母さんはそのあいだも、縫い物に精を出していた。エーリヒは両手を組み合わせ、うやうやしく耳を傾けていた。歌い終わると、ラインハルトは黙って紙を脇に置いた。――湖畔からは、夜の静けさを通して、家畜の首につけた鈴の音が聞こえてきた。彼らは思わず耳を澄ました。すると、少年の澄んだ歌声が聞こえてきた。

「わたしは高い山の上にいた
そして深い谷を見下ろした……」

ラインハルトはほほえんだ。「聞こえたよね？　こうやって、口から口へ伝えられていくんだ」
「あの歌は、このあたりでよく歌われているんです」エリーザベトが言った。
「そうだ」とエーリヒが言った。「あれは牧童のカスパーだな。牛たちを連れて帰る

2　ドイツにはクモの巣は妖精や処女マリアが織ったものだという言い伝えがある。

ところだ」

彼らはまだしばらく、その鈴の音が上の方の農舎の向こうに消えていくまで、耳を澄ましていた。「あれが原初のメロディーだな」ラインハルトが言った。「そのメロディーは、森の地面で眠っているんだ。誰がそれを発見したかは神のみぞ知る」

彼は新しい紙を取り出した。

前よりも暗くなってきて、赤い夕焼けの光は泡のように、向こう岸の森の上に残っているだけだった。ラインハルトが紙を広げると、エリーザベトは片手を一方の側に置き、一緒に覗き込んだ。それからラインハルトが朗読した。

「母が望んだことでした、
別の人に嫁ぐようにと、
わたしがそれまで持っていた
気持ちは忘れてしまいなさいと、
でも、わたしの心は抗ったのです。

わたしは母に訴えます、
母のしたことは間違っていたと、
普通ならば名誉であったはずのことが
いまでは罪となる、
わたしは何を始めてしまうのだろう！

誇りと喜びに代えて
わたしは苦悩を手に入れた、
ああ、あんなことが起こらなければ、
ああ、物乞いに出てしまえるならば
茶色い荒野を越えて！」

朗読しているあいだに、ラインハルトは気づかないほどかすかに紙が揺れているのを感じた。読み終わると、エリーザベトが静かに椅子を引き、黙って庭に下りていった。お母さんが目で彼女の姿を追った。エーリヒがあとを追おうとすると、お母さんは「エリーザベトは外ですることがあるのです」と言った。それで、エーリヒはそのまま部屋にとどまった。

外では宵闇がますます庭とみずうみを覆い、蛾が羽音を立てながら、開いたドアのそばを飛んでいった。ドアからは、花や茂みの香りが次第に強く流れ込んできた。水辺からは蛙の鳴き声が響き、窓の下では一羽のナイチンゲールがさえずり、庭の奥ではもう一羽がそれに応えた。木々の上に月が出ていた。ラインハルトはまだしばらくのあいだ、エリーザベトの華奢な姿が庭のアーケードを通って消えていった場所を見つめていた。それから原稿をまとめて丸め、そこにいる人びとにあいさつすると、家のなかを通って水辺に下りていった。

森は何の音も立てずに暗い影を湖面に広げていたが、その影の中心は重苦しい月明かりと重なっていた。ときおり静かなざわめきが木々のあいだを走り抜けていった。しかし、風はなく、聞こえてくるのは夏の夜の息づかいだけだった。ラインハルトは岸辺に沿って、ずっと歩いていった。陸から石を投げて届くくらいの場所に、一輪の睡蓮が咲いているのが見てとれた。突然、その花を間近で見たいという気持ちが芽生え、彼は洋服を脱ぎ捨てると水のなかに入っていった。湖の底は平らだったが、尖った植物や石が彼の足を傷つけた。泳がなければいけないような深みには、なかなか行き着かなかった。しかし、いきなり足の下に土がなくなり、水が頭上に流れ込んできて、また水面に顔を出すことができるまでにしばらく時間がかかった。そのあと手足を動かして周囲を泳ぎ回るうちに、自分が水に入った理由を思い出した。彼はすぐに睡蓮を見つけた。大きなつるつるした葉のあいだに、ぽつんと咲いている。――ゆっくりと沖に泳いでいき、ときおり両腕を水から上げると、腕から滴り落ちる滴が月の光に当たってきらきら光った。彼と花のあいだの距離はずっと変わらないように思えた。ただ振り返ってみると、岸辺はずっと後ろになり、花の香りもかすかになっていた。彼は諦めることなく、元気に同じ方向に泳いでいった。ようやく花の近くに来て、銀色の花弁をはっきりと月光のなかに見分けることができたが、同時になんだか網のなかに搦《から》めとられたような気がした。すべすべした茎が湖底から上がってきて、裸の手足に絡みついた。見慣れない水が真っ黒に彼を取り囲み、背後には魚が飛び跳ねる音が聞こえた。未知の自然のなかで不意に気味が悪くなり、絡まった植物を力いっぱい引き裂くと、彼は息もつかずに岸を目指して泳ぎ始めた。岸から沖を振り返ると、睡蓮は先ほどと同じように、深い闇のなかで遠くにぽつんと咲いていた。――彼は衣服を身につけると、ゆっくりと屋敷に戻っていった。庭から広間に入ると、ちょうどエーリヒとお母さんとが、翌日に予定されているちょっとした出張の準備をしているところだった。

「こんなに遅くまで、どこにいらしたんです？」お母さんがラインハルトに向かって声をかけた。

「ぼくですか？」と彼は答えた。「睡蓮のところに行きたかったのですが、うまくいきませんでした」

「これはまた、わからんことを言う奴だな！」とエーリヒが言った。「いったいぜんたい、なぜ睡蓮なんかに用があるんだい？」

「前に見知っていたことがあるからさ」とラインハルトは言った。「でも、もうずっと昔のことだ」

エリーザベト

翌日の午後、ラインハルトとエリーザベトは一緒に湖の対岸を、林を抜けたり、高く突き出た岸の突端に上ったりしながら歩いていた。エリーザベトはエーリヒから、自分とお母さんが留守のあいだに、すぐ近くの非常に眺めのよい場所——それはエーリヒが持っている向こう岸の農園からの眺めになるのだったが——にラインハルトを案内するように言われていた。そういうわけで、二人は眺めのよいポイントから次のポイントへと歩いていった。しまいにエリーザベトは疲れてしまい、枝が頭上に生い茂っている木陰に腰を下ろした。ラインハルトは向かい合って木の幹にもたれた。森の奥でカッコーが鳴いているのが聞こえた。彼は突然、かつてこれとまったく同じことがあった、という気持ちに襲われた。ラインハルトは奇妙なほほえみを浮かべてエリーザベトを見つめた。「イチゴを探そうか?」彼は訊いた。

「いまはイチゴの季節じゃないわ」彼女が答えた。

「でもすぐに出てくるよ」

エリーザベトは黙って首を横に振った。それから立ち上がったので、二人はまた歩き始めた。そうやって彼女が脇を歩いているあいだ、彼の目は絶えず彼女の方に向けられていた。彼女がまるでドレスに運ばれていくような、優雅な歩き方をしていたからだ。彼はつい、彼女の全身を目でとらえようとして、何度も一歩下がらずにはいられなかった。そうこうするうちに、視界が開けて陸地のずっと奥まで見渡せる、雑草の生い茂った場所にやってきた。ラインハルトは屈むと、地面に生えている草をいくつかむしり取った。また顔を上げたとき、そこには激しい苦悶の表情が浮かんでいた。

「この花、わかるかい？」彼は言った。

エリーザベトは不思議そうに彼を見た。「エリカでしょう。わたしもよく森で摘んだわ」

「ぼくの家には古いノートがある」彼は言った。「いつもならそこに歌や韻律のある詩を書き込むんだけれど、最近はまったく書いていない。そのページのあいだに、エリカが挟んであるんだ。でも、色褪せたエリカだよ。誰がそれをくれたか、わかるかい？」

彼女は黙ってうなずいた。目を伏せて、彼が手にしている草を見つめていた。二人はそうやって、長いこと立っていた。彼女が目を上げたとき、それが涙でいっぱいなのを彼は見た。

「エリーザベト」と彼は言った。「あの青い山脈の向こうにぼくたちの青春があるんだね。青春はどこに行ってしまったんだろう？」

二人はそれ以上話さなかった。黙りこくったまま、並んでみずうみへ下りていった。大気は蒸し暑く、西からは黒い雲が上がってきた。「雷が来るわ」エリーザベトは言い、歩を速めた。ラインハルトも黙ってうなずき、二人は急いで岸辺に沿って歩き、小舟がつないであるところまで来た。

小舟で渡っていくあいだ、エリーザベトは舟の端に片手を置いていた。彼は漕ぎながら彼女の方に目をやったが、彼女は彼の肩越しに遠くを見ていた。そこで彼の視線は下に向けられ、彼女の手の上にとどまった。この青白い手が、彼女の顔が隠していることを彼に物語ったのだ。彼はその手の上に、秘かな苦しみのかすかな特徴を認めた。それは、夜、病んだ心の上に置かれている女性の美しい両手に好んで取りつくものなのだ。――エリーザベトは、ラインハルトが自分の片手に目を留めているのに気づくと、ゆっくりとそれを水のなかに移動させた。

農場に着くと、屋敷の前に刃物の研ぎ師が荷車でやってきていた。黒い巻き毛を垂らした男が熱心に輪を回して刃物を研ぎながら、ロマたちが歌うメロディーを歯のあいだでハミングしている。その横では荷車につながれた犬が、息を弾ませながら寝そべっていた。玄関の間《ま》にはぼろで身を包み、取り乱した感じの美しい娘がいて、エリーザベトに向かって物乞いするように手を伸ばしてきた。

ラインハルトはポケットに手を入れたが、エリーザベトが彼に先んじて、財布の中身を全部、その女乞食の開いた手のなかに急いでぶちまけた。それからエリーザベトは慌ただしく背を向け、すすり泣きながら階段を上っていくのがラインハルトにも聞こえた。

彼女を呼び止めたいと思ったが、ラインハルトは考え直し、階段の下にとどまっていた。娘はもらったほどこしを手にのせたまま、あいかわらず玄関に突っ立っていた。

「まだほかに、ほしいものがあるのかい？」ラインハルトは尋ねた。

娘はびくっと身を縮めた。「もう何も要りません」と彼女は言い、ラインハルトの方を振り向きながら、戸惑った目で彼を見つめた。それから、ゆっくりとドアに向かって歩いていった。彼はある名前を呼んだが、彼女はもう聞いていなかった。頭を垂れ、胸の前で腕を組んで、娘は農場の敷地を下っていった。

死ぬときは、ああ、死ぬときは
あたしはひとりぼっち。

古い歌がラインハルトの耳に流れ込んできて、彼は一瞬息を止めた。それから背を向けると、自分が泊まっている部屋に上がっていった。

仕事をするために腰を下ろしたが、考えがまとまらなかった。一時間、仕事をしようと空しい試みを続けたあとで、彼は家族の居間に下りていった。そこには誰もおらず、緑の植物が作る涼しい日陰があるだけだった。エリーザベトの裁縫台の上には、彼女がその午後首の周りにつけていた赤いリボンがあった。ラインハルトはそのリボンを手に取ってみたが、胸が痛むのでまた元に戻した。落ち着かない気持ちで、彼はみずうみまで行き、つないであった小舟のロープを外した。ついさっきエリーザベトと一緒に渡ったのと同じルートをもう一度向こう岸まで行き、また戻ってきた。ふたたび屋敷に帰ってきたときには暗くなっていた。農場には御者がいて、馬車を曳いていた馬たちに草を食べさせようとしていた。玄関の間に入ると、庭園の間をエーリヒが行ったり来たりする足音が聞こえた。ラインハルトは広間には入っていかず、一瞬立ち止まると、静かに自分の部屋に上がった。それから窓辺の肘掛け椅子に腰を下ろし、下に並んでいるイチイの木のなかで羽ばたいているナイチンゲールの声を聞くふりをしたが、実際に聞こえていたのは自分の胸の鼓動だけだった。階下ではすべてが静まり、夜の闇が入り込んできたが、彼はそれを感じなかった。——そうやって何時間も座っていた。それから立ち上がり、開いた窓から身を乗り出した。夜露が木の葉のあいだにさらさらと落ち、ナイチンゲールは羽ばたくのをやめていた。夜空の群青色が、次第に東の方から薄黄色の光によって押しのけられていった。爽やかな風が起こり、ラインハルトの熱い額を撫でていった。その朝一番のヒバリが、歓声をあげながら空に飛び上がっていった。——ラインハルトはふいに振り返り、机に歩み寄った。手探りで鉛筆を探し、見つけると、腰を下ろして白い紙に数行書きつけた。それを書き終わると、帽子とステッキを取り、紙をそこに残して用心深くドアを開け、玄関に下りていった。——家の隅々はまだ、早朝の薄暗がりのなかに安らっていた。大きな飼い猫は藁のマットの上で伸びをし、ラインハルトが何も考えずに伸ばした手に、背中をこすりつけてきた。でも、外の庭ではスズメたちがもう木の枝から演説をぶっていて、夜は終わったんだとみんなに告げていた。そのとき、上階でドアが開く音がし、誰かが階段を下りてきた。ラインハルトが顔を上げると、エリーザベトが目の前に立っていた。彼女はラインハルトの腕に手を置き、唇を動かしたが、言葉は聞こえなかった。「もう来ないのね」やがて彼女は言った。「わかってるから、嘘はつかないで。もう来ないつもりなんでしょ」

「もう二度と来ない」彼は言った。彼女はかけていた手を下ろし、それ以上何も言わなかった。彼は玄関の間を横切ってドアのところまで行き、もう一度振り向いた。彼女はじっと同じ場所に立ち、死んだような目で彼を見つめていた。ラインハルトは一歩足を踏み出し、彼女に向かって両腕を伸ばした。それから乱暴に背を向け、外に出て行った。——外では世界が爽やかな朝の光に包まれていた。クモの巣についた朝露の粒が、最初の日光に当たってきらりと光った。彼は振り向かなかった。急ぎ足で外に出ていくと、静かな農場はどんどん背後に退いていった。そして彼の前には、大きくて広い世界が立ち現れてきた。

老人

月はもはや窓ガラスを照らしてはいなかった。あたりは暗くなったが、老人はいまだに手を組んで肘掛け椅子に座り、ぼんやりと部屋のなかを眺めていた。周囲の暗闇は、彼の目の前で次第に広くて暗いみずうみの形を取り始めた。黒い湖面が延々と続き、どんどん深く遠くなり、一番奥の、老人の目がほとんど届かないほど遠い場所に、一輪の白い睡蓮の花が、幅広の葉のあいだでぽつんと浮いていた。

部屋のドアが開き、明るい光が差し込んできた。「来てくれて助かったよ、ブリギッテ」と老人は言った。「その明かりを、机の上に置いておくれ」

それから彼は椅子を机に引き寄せ、開いたままの本を一冊手に取ると、青春の日に精魂を傾けた研究の成果に、あらためてじっくりと目を通したのだった。

三色すみれ

大きな屋敷のなかは、しんと静まりかえっていた。それでも玄関ホールからでさえ、新鮮な花の香りを嗅ぐことができた。二階へ続く幅広い階段に向かい合った両開きのドアから、こざっぱりした身なりの老家政婦が出てきた。満足した様子でおごそかにドアをぴったり閉めると、埃が落ちていないか最後のチェックをするように、灰色の目を壁に沿って走らせた。それからよしよしとうなずき、イギリス製の大時計に目をやった。大時計はたったいま、二度目の鐘を鳴らしたところだった。

「もう七時半！」と老家政婦は呟いた。「八時にはみなさんがお見えになると、先生は書いておられた！」

彼女はポケットのなかの大きな鍵束をつかむと、屋敷の奥の部屋に姿を消した。——また、静けさが戻ってきた。時計の振り子の音だけが、ゆったりした玄関ホールと階段の踊り場に響いていた。玄関ドアの上の窓からはまだ夕焼けの光が差し込んでいて、時計のケースを飾っている三つの金メッキが施されたボタンを照らしていた。

　やがて上階から小さな軽い足音が聞こえ、十歳くらいの女の子が踊り場に現れた。この子も清潔なよそゆきの服を着ていた。赤と白の縞模様のワンピースが、小麦色の顔や、お下げに編んだ黒い光沢のある髪によく似合っていた。彼女は階段の手すりに腕を置くと、その上に頭をのせ、ゆっくりと階段を下りていった。黒い目は夢見るように、向かいの部屋のドアに向けられている。

　その子はふと、玄関ホールで聞き耳を立てた。それから部屋のドアを静かに押すと、重いカーテンをくぐり抜けてなかに滑り込んだ。──部屋のなかはすでに薄暗くなっていた。奥行きのあるこの部屋の二つの窓は、高い建物がびっしり立ち並ぶ通りに面していたからだ。ただ、脇のソファの上方にあるベネツィア製の鏡だけが、深緑のビロードの壁紙を背景に銀のように輝いていた。この寂しさのなかで、ソファの前のテーブルにある、大理石の花瓶に活けられた色鮮やかなバラの花束の姿を映すことだけが、鏡に課せられた仕事のようだった。しかしまもなく、鏡のフレームのなかに、子どもの黒い頭も映り込んだ。女の子は爪先立ちになって、柔らかい絨毯の上を進んでいった。そして、ほっそりした指がせわしなく花の茎をつかむあいだも、目はドアの方を振り返っているのだった。ようやく半ば開きかけた苔バラを花束のなかから一本抜き取ることができたが、トゲに気をつけていなかったせいで、赤い血の滴が腕にぽとぽとと落ちた。急いで――そうしなければ血が高価なテーブルクロスの模様に落ちてしまうので――女の子は唇で血を吸い取った。それから来たときと同じように静かに、盗んだバラを手に、ドアのカーテンをくぐって玄関ホールに出ていった。ここでもう一度耳を澄ますと、さっき下りてきた階段をすばやくまた上がり、廊下に沿って一番奥のドアのところまで進んだ。女の子は窓の方をちらりと見た。窓の外では夕焼けの光のなかでツバメが飛び交っている。女の子はそれから、ドアノブを押してドアを開けた。

そこはお父さまの書斎で、お父さまがいないのにその部屋に入ることは、普段ならありえないことだった。無数の本が並び、見る人を思わずかしこまらせるような丈の高い本棚のあいだに、女の子は一人で立っていた。ためらいながらドアを閉めると、部屋の左側にある窓の下から、犬の元気な吠え声が聞こえてきた。子どもの真剣な顔に、ふとほほえみが浮かんだ。彼女はさっと窓に駆け寄り、外を眺めた。下にはお屋敷の広い庭が広がっていて、芝生があり、茂みもあった。でも彼女の四つ足の友だちは、もうどこかに行ってしまったようだ。どんなに目を凝らしても、その姿を見つけることはできなかった。女の子の顔にはまた徐々に影のようなものが下りてきた。しかし、彼女は別の目的でここに来たのだった。いまはネロに何の用があるだろう！

女の子が入ってきたドアに向かい合った西側に、第二の窓があった。その横の壁際の、座る人の手許にちょうど光が当たる場所に、大きな書き物机があり、教養ある古代研究家に必要な道具がすべて揃っていた。ローマやギリシャで出土したブロンズやテラコッタ、古代寺院や住居の小型モデル、ほかにも過去の瓦礫から見出された品々が、天板のほとんどを占領している。しかし机の上の壁には、春の青々とした空気から抜け出てきたかのように、若い女性の上半身を等身大に描いた肖像画が掛けられていた。青春の王冠のごとく、編まれた黄金の髪が明晰さが現れた額の上を飾っている。――「優美」という古めかしい言葉を、友人たちは彼女を描写するために引っぱり出してきた――かつて、この屋敷の敷居で彼女がほほえんで、訪れた人たちを歓迎していた当時のことだ。――絵のなかの彼女はいまも同じように、子どものような青い目で、壁からこちらを見下ろしていた。彼女が生きていたときには見てとることのできなかった哀愁の影が、口許にわずかながら漂っていた。画家も、描いた当時はおそらくそのことで叱られたのだろう。しかし彼女が死んでからは、それは誰が見ても正しい表情に思えた。

小さな黒髪の女の子は、静かな足取りで絵に近づいていった。その目は情熱的な愛情を込めて、美しい絵に向けられていた。

「お母さま、わたしのお母さま！」女の子はささやいた。まるでその言葉で、絵のなかの女性に迫ろうとするみたいに。

美しい顔は、先ほどと同じく生気がないまま、壁から見下ろしていた。しかし女の子は猫のようにすばやく、安楽椅子から書き物机の上によじ登り、反抗的に唇を開いて絵の前に立っていた。そうしながら震える両手で、奪ってきたバラの花を黄金の額縁の下枠に固定しようとした。それがうまくいくと、彼女はまたすばやく机から下り、ハンカチで丁寧に天板の上の自分の足跡を拭き取った。

先ほどはおずおずと入った部屋のなかから、女の子はもはや出ていけないかのようだった。ドアに向かって数歩歩いたあとで、早くも振り向いてしまった。机の横の西向きの窓が、彼女を強烈に引きつけているようだった。

この窓の下にも庭があった。正しく言えば、いまでは荒れ果てた庭。その空間は小さなものだった。茂みに覆われていないところは、四方から壁に囲まれているのが見てとれる。その壁際の、窓に向かい合ったところに、明らかに崩壊しかけた、壁のない茅葺きの東屋があった。その前には、クレマチスの緑の蔓にほとんど覆われた、一脚のガーデンチェアが置いてあった。東屋の向かい側には、かつてはすっきり伸びたバラの園があったに違いない。しかしそれらのバラはいまでは枯れた小枝のように色褪せた茎にぶら下がり、その下ではたくさんの花をつけた八重バラが、草の上に花弁を撒き散らしているのだった。

女の子は腕を窓台にのせ、両手で顎を支えて、懐かしそうな目で下を眺めていた。茅葺きの東屋には、二羽のツバメが出たり入ったりしていた。なかに巣を作ったに違いない。ほかの鳥たちはもうねぐらに戻っていた。一羽のムネアカドリだけが、咲き終えたキバナフジの一番高い枝から心を込めて歌をさえずり、その黒い目で女の子を見つめていた。

「ネージー、なぜここにいるの?」老家政婦の穏やかな声が聞こえ、女の子の頭に、愛撫するように手がのせられた。

老家政婦が、気づかないうちに部屋に入ってきていたのだった。子どもは家政婦の方に顔を向け、疲れた表情で彼女を見つめた。「アンネ、わたしがもう一度だけでも、おばあさまのお庭に行けたらいいのに！」と子どもは言った。

老家政婦はそれには答えなかった。ただ口をぎゅっと閉じて、同意するように何度かうなずいた。「おいで、おいで！」と家政婦は言った。「なんて格好をしてるんですか。もうじきお二人が到着されますよ。お父さまと、新しいお母さまが！」そうして子どもを腕に抱き寄せると、髪の毛や洋服をちょっとつまんで直してやった。――「あら、あら、ネージー！　泣いてはいけませんよ。親切で美しい方なんですから。美しい人を見るのが好きだったでしょ」

ちょうどその瞬間、馬車のガタガタいう音が道から聞こえてきた。女の子は身をすくませたが、老家政婦は彼女の手をとって引っ張りながら、その部屋を出ていった。――急いだおかげで、馬車が家の前に到着するのを見ることができた。二人の女中がすでに玄関のドアを開けていた。

老家政婦の言ったとおりだった。まじめな顔つきですぐにネージーの父親だとわかる四十歳くらいの男性が、若く美しい女性を馬車から助け下ろした。彼女の髪と目は、義理の娘になった女の子のそれと同じくらいの黒さだった。そう、もしもチラリと見ただけだったら、二人は本物の親子に見えたかもしれない。もっとも、新しく来た母親は、ネージーのような年頃の娘を持つには若すぎたが。到着した妻は感じよく挨拶をしながらも、何かを探すように目をきょろきょろさせていた。夫の方は、すばやく妻を家のなかに導き入れた。彼女は一階の部屋で、新鮮なバラの香りに迎えられた。

「ここで一緒に暮らすんだよ」彼女を柔らかいソファに腰かけさせながら、夫は言った。「きみの新しい家で最初の休息をとるまでは、この部屋を出ないでくれたまえ」

彼女は愛情を込めて夫を見上げた。「でもあなたは――そばにいてくださらないの？」

「きみのところに、この家の一番の宝物を持ってくるよ」

「ああ、そうね、ルドルフ、あなたのアグネスのことでしょ！　さっきはどこにいたのかしら？」

ルドルフはすでに部屋を出ていた。自分たちが到着したとき、ネージーが老アンネの後ろに隠れてしまったことを、父の目は見逃していなかった。ネージーが玄関にぽつんと立っているのを見つけたので、彼は両腕で抱き上げ、そのまま部屋に連れていった。

「――これがネージーです！」ルドルフはそう言いながら、美しい継母の足許の絨毯に、子どもを下ろした。そして、まだほかにも手に入れなくてはいけないものがあるかのように、部屋を出ていってしまった。彼は、妻と娘を二人きりにしたかったのだ。

ネージーはゆっくりと立ち上がり、若い女性の前に黙って立っていた。二人は不安そうに、相手を試すように見つめ合っていた。好意的に迎えられるのが当然だと思っているらしい若い妻の方が、思い切って女の子の両手をとると、まじめな顔で言った。

「わたしがあなたのお母さまになったこと知ってるわよね？　仲良くしましょうね、アグネス？」

ネージーは目を逸らした。

「ママって呼んでもいいの？」彼女は恥ずかしそうに尋ねた。

「もちろんよ、アグネス。ママでもお母さまでも、好きなように、呼びたいように呼んでちょうだい！」

子どもは困ったように彼女を見上げ、沈んだ声で答えた。「ママで充分！」

若い妻はすばやく子どもに目をやり、黒い目を、もっと黒い子どもの目に向けた。

「ママとは呼ぶけど、お母さまとは呼ばないってこと?」彼女は尋ねた。

「わたしのお母さまは死んだの」ネージーは小さな声で言った。若い妻の両手が思わず動き、子どもを突き放した。しかし彼女はまたすぐに激しく子どもを胸に引き寄せた。

「ネージー」と彼女は言った。「ママとお母さまは同じことなのよ!」

でもネージーは何も答えなかった。死んだ母親のことを、いつも「お母さま」と呼んでいたのだ。

——会話は終わった。家の主がまた入ってきて、自分の娘が若い妻の腕に抱かれているのを見、満足そうにほほえんだ。

「さあ、おいで」と彼は明るく言いながら、妻に手をさしのべた。「女主人として、この家のすべての部屋を確認しておくれ!」

彼らは一緒に歩いていった。一階の部屋を巡り、キッチンと地下室を見て回り、幅広い階段を上がって大広間に入り、それから階段の左右の廊下に面しているいくつもの小部屋に入っていった。

もう日が暮れ始めていた。夫と腕を組んだ若い妻は、どんどん重くその腕にすがっていった。まるで、目の前でドアが開くたびに、新たな重みが彼女の肩にのしかかるかのようだった。夫が喜ばしげに語る言葉への返答も、どんどん少なくなっていった。仕事部屋の前でようやく立ち止まったとき、夫の方も沈黙し、無言のまま肩にもたれかかっている美しい顔を自分の方に向けて持ち上げた。

「どうしたんだい、イネス？　嬉しくないのかい？」彼は言った。

「いいえ、嬉しいわ！」

「それならおいで！」

仕事部屋のドアを開けると、穏やかな光が彼らを照らした。西側の窓を通して、小さな庭の茂みの向こうに見える夕焼けの黄金の光が輝いていた。――この光のなかで、亡くなった妻の美しい肖像画が壁から見下ろしていた。その額縁のくすんだ金色の下枠に、燃えるように赤い瑞々しいバラが置かれていた。

若い妻は思わず片手で胸を押さえ、愛らしく生き生きした絵を黙って眺めた。しかし、すぐに夫の両腕が彼女をしっかりと包んだ。

「彼女はかつてぼくの幸福の源だった、でもいまはきみにそうなってほしい！」彼は言った。

彼女はうなずいたが、沈黙し、息を吸おうとした。ああ、この死者はまだ生きている、自分と死者が二人してこの家のなかにいる余地はない！

ネージーがさっききこの部屋に来たときと同じように、北側にある広い庭から犬の大きな鳴き声が聞こえてきた。

夫の優しい手で、若い妻はそちらの方向に向いた窓辺に連れていかれた。「ここから見下ろしてごらん！」彼は言った。

広い芝生の周りに巡らされた下の小道に、黒いニューファンドランド犬が座っていた。その前にネージーが立って、一本の黒いお下げで犬の鼻の周りにどんどん狭く円を描いていた。すると犬は頭を後ろに反らして吠え、ネージーは笑ってまた同じ遊びを始めるのだった。

この子どもらしい遊びを見て、父親も笑みを浮かべずにはいられなかった。しかし、傍らにいた若い妻はほほえまず、その空気が濁った雲のように彼の上を流れていった。「これが本当の母親だったら！」と彼は思った。しかし口に出して言ったのは、次のような言葉だった。「あれがうちのネロだよ。ネロとも知り合いになってもらわなければね、イネス。ネロとネージーはいい友だちなんだ。あんな大きな犬なのに、馬みたいに人形の乳母車につながれてもおとなしくしてるんだよ」

妻は夫を見上げた。「ここにはいろんなことがあるのね、ルドルフ」と彼女は戸惑ったように言った。「うまく切り抜けられるかしら！」

——「イネス、夢でも見ているのかい！　ぼくたちとあの子、これは最小の家庭だよ」

「最小ですって？」彼女は静かにくりかえした。目は犬と一緒に芝生の周りを走っている子どもを追っていた。そして、突然不安に駆られて夫を見上げると、両腕を彼の首に巻きつけて哀願した。「しっかり抱き締めて、助けて！　体が重いの」

数週間、数か月が過ぎた。——若妻が恐れていたことは、現実には起こっていないように見えた。家政はあたりまえのように、彼女の監督下で回り始めた。使用人たちは喜んで、親切でもあり上品でもある女主人に従ったし、外からこの家を訪れる人も、いまではまた主人と対等な女性が家のなかを切り盛りしているのだと感じることができた。しかし、より鋭いまなざしで観察している夫にとっては、事情は異なっていた。

妻が家のなかのものを、自分には所有権がなく、だからこそ良心的な代理人として丁寧に管理しなければいけない他人の持ち物のように扱っているのが、夫にはあまりにも明白だった。彼女が夫のものであり、夫が彼女のものであることを確認するように、ときおり妻が激しく腕のなかに飛び込んでくることも、経験豊かな夫を安心させることはできなかった。

ネージーに対しても、前よりも親しい関係が築かれたわけではなかった。若妻の内心の声が——愛情と賢明さが——死んだ母親のことを子どもと話すように、と促していた。子どもは継母の到着以来、頑固にその母親の思い出を甦らせていたのだ。でも——それこそが難しいのだった！　二階の夫の部屋に掛かっているあの愛らしい肖像画——若妻は、心のなかでそれを思い浮かべることさえ避けていた。たしかにこれまで何度も勇気を出して、子どもを両手で引き寄せたりはしたが、言葉が出てこなかった。妻の唇は話すことを拒否し、心のこもった動きに嬉しそうに黒い目を輝かせたネージーも、また悲しそうに去っていくのだった。奇妙なことに、ネージーはこの美しい女性の愛を求めていた。子どもたちが一般にそうであるように、ネージーも秘かに彼女を崇めていたのだった。でもネージーには、心のこもった会話の鍵になるような呼びかけの言葉が欠けていた。「ママ」という一つの呼びかけは――彼女の気持ちとして――使えるけれども、「お母さま」というもう一つの呼びかけは口にできないのだった。

子どものこうした最後のためらいを、イネスも感じ取っていた。そんなためらいなど、いとも簡単に取り除けそうに思えたからこそ、イネスの考えはくりかえしこの点に戻ってきた。

そのようなわけで、ある日の午後、彼女は居間で夫の隣に座り、紅茶沸かし《サモワール》の器械から低く歌うように上がる湯気を眺めていた。

ちょうど新聞を読み終えたルドルフは、彼女の手をつかんだ。「静かだね、イネス。きょうは一度も話しかけてこなかったな！」

「お話ししたいことはあるんですけど」彼の手から自分の手を抜き出しながら、イネスはためらいつつ答えた。

――「それなら言ってごらん！」

しかし彼女はまだしばらく黙っていた。

――「ルドルフ」と、ついに彼女は口を開いた。「あの子に、わたしをお母さまと呼ばせてちょうだい！」

──「ネージーはきみをお母さまと呼ばないのかい？」

イネスは首を横に振り、到着の日のできごとを話した。

ルドルフは彼女の話を穏やかに聞いていた。「それは、あの子の魂が無意識のうちに見出した逃げ道なんだろう」と彼は言った。「感謝をこめて、そっとしておいてやるというのはどうだろう？」

若妻はそれには答えず、ただ、「そうしたらあの子はけっしてわたしに馴染まないと思います」とだけ言った。

彼はまた妻の手を取ろうとしたが、妻は手を引っ込めた。

「イネス」と夫は言った。「人の本性が許そうとしないものを、求めてはいけないよ。ネージーを無理矢理きみの子どもにしたり、きみが無理矢理あの子の母親になったりするようなことは！」

イネスの目から涙が溢れ出た。「でも、わたしはあの子の母親になるべきなのよ」ほとんど激しいといっていい口調で彼女は言った。

──「あの子の母親だって？　いや、イネス、そうなる必要はないよ」

「じゃあわたしは何になればいいの、ルドルフ?」

――もし彼女にこの問いへの当然の答えが理解できれば、自分でそれを見出していたはずだ。ルドルフはそう感じて、助けになる言葉を見出さねばいけないというように、考えこみながら彼女の目を見つめた。

「白状して!」夫の沈黙を誤解したイネスは言った。「あなたにも答えはわからないんでしょ」

「ああ、イネス!」夫は大きな声で言った。「きみも自分の子どもを膝に抱くようになればわかるよ!」

彼女は拒むような仕草をしたが、彼は言った。「きみの目から出た喜びの輝きが子どもの最初の笑顔を引き出し、その子の小さな魂がきみに引きつけられるのを感じるときが、やがて来るだろう。――かつてはネージーの上にも、そんなふうに喜びに満ちた二つの目が輝いていたんだよ。そんなときネージーは、自分に向かって屈められた首に小さな腕を回して『お母さま!』と呼んだんだ。――あの子がその言葉をこの世の誰にも言えないからといって、どうか怒らないでくれ!」

イネスは夫の言葉をほとんど聞いていなかった。彼女の思いはただ一点だけを追っていた。「もしあなたが、ネージーはわたしの子ではないとおっしゃるなら、どうしてお前は自分の妻ではないとおっしゃらないの！」

そこで話は終わってしまった。夫が挙げた理由など、彼女には興味がなかった！彼はイネスを引き寄せ、落ち着かせようとした。イネスは夫にキスをし、涙の陰からほほえんで彼を見つめた。でもだからといって心が晴れたわけではなかった。ルドルフが出かけたあと、イネスは大きな庭に出ていった。庭に歩み入ると、ネージーが学校の教科書を手に広い芝生の周りを歩いているのが見えた。しかしイネスは彼女を避け、塀に沿った茂みのあいだの脇道に入っていった。

ちらりと目を上げた子どもは、継母の美しい目のなかにある悲しみの表情を見逃さなかった。そして、勉強し、教科書の課題をつぶやきながらも、磁石に引き寄せられるように、継母と同じ脇道に足を踏み入れていった。

イネスはちょうど、高い塀に埋め込まれた門の前で足を止めていた。その門は紫色の花を咲かせている蔓植物にほとんど覆われてしまっていた。イネスはぼんやりとそれに目を向けていたが、また静かに歩み出そうとしたとき、ネージーが自分に向かってくるのを見た。

イネスは立ち止まって尋ねた。「ネージー、これは何の門なの?」

――「おばあさまの庭へ行く門よ!」

「おばあさまの庭? おじいさまやおばあさまはとっくにお亡くなりになってるでしょ!」

「うん、もうずっとずっと前のことだよ」

「そして、庭はいま誰のものなの?」

――「わたしたちよ!」当たり前だというように、ネージーは言った。

イネスは繁茂する蔓の下に美しい顔を傾けて、門についている鉄の取っ手を揺すり始めた。ネージーはその努力が実るのを待つかのように、黙ってそばに佇んでいた。

「ここ、鍵がかかっているじゃないの!」若妻は叫び、手を離すとハンカチで指から錆をぬぐい取った。「ここは、お父さまの部屋の窓から見える、荒れ果てた庭なの?」

子どもはうなずいた。

――「聞いてごらん、あっち側で鳥が歌っているよ!」

その間に、老家政婦が庭に出てきた。二人の声が塀の方から聞こえてくるのに気づくと、急いでそばにやってきた。「お客さまがおうちのなかでお待ちです」と彼女は告げた。

イネスはネージーの頬に優しく手を添えた。「お父さまは庭仕事が苦手なのね」イネスは立ち去りながら言った。「それならわたしたち二人がなかに入って、庭をきれいにしなくちゃね」

――家のなかではルドルフが彼女に歩み寄った。

「ミュラー弦楽四重奏団が今晩演奏することは知ってるだろう」と彼は言った。「お医者さまご夫妻がお見えで、ぼくたちが怠慢の罪を犯さないように警告しようとしているんだ」

二人が客たちの待つ部屋に入っていくと、音楽についての長い活発な会話がくりひろげられた。そのあとは、片付けなければいけない家事がまだあった。荒れた庭は、きょうのところは忘れられた。

その夜、コンサートが開かれた。――すでに亡くなった偉大な作曲家たち、ハイドンとモーツァルトの曲が聴衆の前で演奏され、たったいま、ベートーベンの弦楽四重奏曲ハ短調の最後の和音が鳴り終わった。音楽の響きだけが上下しながら輝きを放つおごそかな静寂の代わりに、いまでは外に出ようと押し合う聴衆のおしゃべりが広い空間を騒がせていた。

ルドルフは若妻が座っている椅子の脇に立っていた。「終わったよ、イネス」彼は妻の方に身を屈めながら言った。「それともまだ何か聞こえるかい?」

彼女はまだ耳を澄ますようにして座っていた。両目は空っぽの指揮台だけが残る壇上に向けられている。それから夫に手を差し出した。「家に帰りましょう、ルドルフ」彼女は立ち上がりながら言った。

ドアのところで、二人はかかりつけの医師とその妻に引き留められた。それは、イネスがこれまでに比較的親しくなった唯一の人々だった。

「どうされますか?」医師は言い、二人に向かって心から満足そうにうなずいた。「うちにいらっしゃいませんか、帰り道の途中ですよ。こんな催しのあとは、一時間くらい一緒に座って話さなくては」

ルドルフはすぐに明るい同意の声で答えようとしたが、かすかに袖を引っ張る手を感じ、妻が必死に懇願する様子で自分に目を向けているのを見た。彼は妻の気持ちを察した。「決定は上の者に任せることにします」彼は冗談めかして言った。

そしてイネスはなかなか諦めようとしない医師に対して、別の夕べにご一緒しますからと粘り強く説得するすべを心得ていた。

友人たちの家の前で別れを告げると、イネスは解放されたようにほっと息をついた。

「きょうはなぜ、親愛なるお医者さまご夫妻に逆らったりしたんだい？」ルドルフは尋ねた。

妻は夫の腕にぎゅっと体を押しつけた。「別に」と彼女は言った。「でも今夜のコンサートは、とてもすてきだった。だから、あなたと二人で過ごしたかったの」

二人は家に向かって歩を速めた。

「ごらん」と彼が言った。「一階の居間にもう明かりがついている。老アンネがお茶の準備をしてくれているんだろうね。きみの言うとおり、家の方がよそよりもずっといいな」

彼女はただうなずいて、彼の手を静かに握った。――それから二人は家のなかに入っていった。勢いよく部屋のドアを開け、カーテンを閉めた。

かつてバラを活けた花瓶が置かれていたテーブルの上に、いまは大きなブロンズのランプがあり、火が灯っていた。そして、細い両腕に顔を埋めて眠る黒髪の子どもの頭を照らし出していた。絵本の端が腕の下から覗いていた。

若い妻は凍りついたように戸口で立ち止まった。子どものことは、まったく彼女の頭から消え去っていたのだ。苦い失望の表情が美しい口許に浮かんだ。「あら、ネージーったら！」夫に部屋のなかまで導かれながら、彼女の口からはそんな言葉が飛び出した。「いったいここでまだ何をしているの？」

ネージーは目を覚まし、飛び起きた。「待ってるつもりだったの」パチパチとしばたたかせている目を手で擦りながら、半ば笑みを浮かべてネージーは言った。

「これはアンネの手落ちね。あなたはとっくにベッドに入ってなくちゃいけないのよ」

イネスは子どもに背を向け、窓辺に歩み寄った。自分の目から涙がこぼれ落ちるのを感じた。苦い感情がもつれ合い、胸のなかで渦巻いていた。実家への郷愁、自己憐憫、愛する夫の子どもに対する自分の愛のなさを悔いる気持ち。いま自分の上に何がのしかかってきているのか、自分でもわからなかった。しかし――歓喜と不当な苦しみとともに、彼女はそれを独りごちたのだが――つまりは次のようなことだった。彼らの結婚には若さが欠けていた、しかし彼女自身はまだこんなに若いのだ！

振り向くと、部屋には誰もいなかった。――彼女が楽しみにしていた美しい時間はどこに行ってしまったのだろう？　――自分でその時間を台無しにしてしまったのだとは、彼女は考えなかった。

ほとんど怯えたような目で、自分には不可解ななりゆきを見守っていたネージーは、父親の手で静かに連れていかれた。

「辛抱だ！」とネージーを腕に抱えて階段を上がりながら、父親は自分に言い聞かせた。そして彼も、別の意味ではあったが、さらに付け加えた。「彼女はまだあんなに若いのだから」

一連の考えや計画が、彼のなかに浮かんできた。彼はネージーが老アンネと一緒に使っている寝室のドアを機械的に開けた。老アンネはもう部屋のなかでネージーを待ち受けていた。彼はネージーにキスして言った。「ママには、お父さまから『お休みなさい』と伝えておくからね」ルドルフはそれから妻のところに降りていこうとしたが、踵を返して廊下の端にある書斎に入っていった。

書き物机の上飾りの部分に、彼が最近手に入れて試みに灯油を満たしたポンペイのブロンズのランプが置かれていた。彼はそれを降ろすと火を点け、また元の、死者の肖像画の下の場所に置いた。机の上にあった花瓶もその隣に置いた。ほとんど何も考えずにそうしたのだが、頭と心を働かせているあいだに両手で何かしなければいけないとでもいう具合だった。それからすぐ横の窓辺に歩み寄り、両開きの窓を開いた。

空は雲で覆われ、月の光も地上までは届かなかった。下の小さな庭に繁茂する茂みが黒い塊のように広がっていた。ただ、黒いピラミッド形の針葉樹のあいだを抜けて小道が茅葺きの東屋に続いているところだけは、白い砂利が輝いていた。

この寂しい風景を見下ろしている男の空想のなかから、もはや生きてはいない愛らしい姿が歩み出てきた。彼は彼女が下の小道を歩むのを見た。そして、まるで自分が彼女の傍らにいるような心地がした。

「きみの思い出でぼくの愛の力を強めておくれ」と彼は言った。しかし、死者は答えなかった。彼女は青ざめた美しい顔を地面に向けていた。彼は甘美なおののきとともに彼女が身近にいることを感じたが、彼女の口からは言葉は出てこなかった。

そうやって、自分はこの二階にいて完全にひとりぼっちなのだ、と彼は考えた。死はまったく真摯なことがらであると、彼は信じていた。彼女が生きていた時間は過ぎ去ってしまったのだ。――しかし彼の足下には、かつてと同じく義父母の庭が広がっていた。本から目を上げて窓越しに眺めたとき、彼はまずそこ五歳にもならない少女を見出したものだった。ブロンドのお下げの子どもがまじめ心を奪い、ますます引きつけて、ついには妻として彼の家の敷居を越えた。彼女べてを、それどころかもっと多くのものを、取り返してくれたのだった。――幸ばしい仕事の日々が、彼女と一緒に訪れてきた。妻の両親が早くに亡くな売られたとき、二人は小さな庭園だけは手許に残し、塀に作った一つの門で、ちの屋敷の大きな庭園とつなげた。気にせずに繁茂させていたせいで、その当時もう門は垂れ下がる蔓にほとんど隠されていた。彼らはその門を通って、屈託なくを過ごすことのできる心地よい庭に行ったのだが、友人たちでさえそこに導かれることはめったになかったのだ。――彼はかつて窓越しに、若い恋人が茅葺きの東屋で学校の勉強をしている様子をうかがったのだが、いまではブロンドの母親の足許に、思慮深そうな黒い目の子どもが座っていた。そして、彼が机上の仕事から顔を上げさえすれば、人生の一番の幸福といえるものが目に入ってくるのだった。――しかし、死神は秘かに死の種をそのなかに投げ込んでいた。六月の初旬、人々は重病に冒された妻のベッドを隣の寝室から夫の仕事部屋に運び込んだ。彼女は幸せの庭から開いた窓を通して吹き込んでくる空気を、もっと味わいたがっていた。大きな書き物机は脇に寄せられた。彼はもう、彼女のことしか考えられなかった。――外では比類のない美しい春が盛りを迎えていた。桜の木は雪が降り積もったかのようにたくさんの花をつけていた。彼は思わず、すっかり軽くなった妻を枕から持ち上げて、窓辺に運んでいった。「ほら、もう一度見てごらん！　世界がどんなに美しいか！」

しかし、彼女は首を静かに振ると、「わたしにはもうそれは見えないわ」と言った。――

それからまもなくすると、彼はもはや彼女の口から出るささやきを理解できなくなってしまった。生命のきらめきはどんどん弱くなっていった。痛々しい痙攣《けいれん》だ唇を動かし、呼吸は激しくうなるように命を巡る闘いを続けていた。しかし、そも次第に弱まっていき、しまいにはミツバチの羽音のように甘くかすかなり、しまった。それからもう一度、青い光線が開かれた両目をよぎってい

そのあとで平安が訪れた。

「お休み、マリー！」――しかし彼女は、もうその声を聞かなかった。

――その後一日、静かで気品のある姿は、階下の大きく黒い部屋で棺のなかに横たわっていた。屋敷の使用人たちが静かに現れた。部屋のなかでは彼が、老アンネと手をつないだ子どもの傍らに立っていた。

「ネージー」と老アンネは言った。「怖くないわね？」

死の荘厳さに強い感銘を受けた子どもは答えた。

「うん、アンネ、お祈りするから」

それから、夫が妻に付き添うことを許された最後の行程となった。二人の意志によって牧師はつかず、鐘も鳴らされなかったが、聖らかな早朝にそれは執り行われた。空には今年最初のヒバリが舞い上がっていた。

葬儀は終わった。しかし、彼はまだ自分の苦痛のなかに彼女を所有していた。目には見えなくとも、彼女はまだ彼とともに生きていた。しかし、気づかないうちにそれも消えていった。彼はしばしば不安に駆られて彼女を捜《さが》したが、次第に見つけられなくなっていった。そうなって初めて、自分の家が不気味に空っぽで、荒廃しているように思えてきた。部屋の隅には、以前にはなかった暗闇が陣取っていた。彼の周囲は奇妙に以前とは違っていて、彼女はどこにもいなかった。

――月が霞のような雲のなかから現れ、下に広がる庭の荒れた様子を明るく照らし出した。彼はまだ同じ場所に立ち、頭を十字形の窓桟にもたせかけていた。しかし、その目はもはや外にあるものを見てはいなかった。

するとと彼の背後でドアが開き、黒髪の美しい女性が入ってきた。

彼女の静かな衣擦れの音が、彼の耳に届いた。彼は振り向き、探るように彼女を見つめた。

「イネス！」と彼は叫んだ。そう言葉を発したものの、彼女を出迎えることはしなかった。

彼女は立ち止まった。「どうしたの、ルドルフ？　わたしを見てぎょっとしているの？」

彼は首を横に振り、ほほえもうとした。「おいで」と彼は言った。「一緒に下へ降りよう」

しかし、彼が彼女の手を取るあいだに、彼女の目はランプの光に照らされた肖像画と、ランプの横に置かれた花に向けられた。――突然のひらめきが、彼女の顔をよぎった。――「あなたの部屋は、まるで礼拝堂みたいなのね」と彼女は言った。その言葉は冷たく、ほとんど敵意がこめられていた。

彼はすべてを理解した。「ああ、イネス、きみだって死者を敬う気持ちはあるだろう！」

「死者ですって！　死者を敬わない人がいるかしら！　でもルドルフ」――そう言って彼女は彼をまた窓辺に引き寄せた。両手は震え、黒い目が興奮のあまりギラギラと輝いていた――「言ってちょうだい、いまはわたしがあなたの妻なんだって。どうしてあの庭に鍵をかけて、誰も入れようとしないの？」

イネスは手で下の方を指した。黒いピラミッド形の茂みのあいだで白い砂利が不気味に光っていた。大きな蛾が一匹、ちょうどその上を飛んでいった。

ルドルフは黙って下を見ていた。「あれは墓なんだよ、イネス」と彼は言った。「あるいは、こう言った方がよければ、過ぎ去りしものの庭だ」

しかし彼女はきっとなって彼を見つめた。「わたしの方がよくわかってるわよ、ルドルフ！　あそこは、あなたが彼女のそばで過ごす場所なの。あの白い小道をあなたたちは一緒に歩くんだわ。だって、彼女は死んでいないんですもの。たったいまだって、あなたは彼女のそばにいて、自分の妻であるわたしのことを彼女に告げ口していたんでしょ。それって不貞よ、ルドルフ、あなたは死者の影と浮気をしているのよ！」

彼は黙ってイネスの体に腕を回すと、力をこめて窓から引き離した。それから机の上のランプを手に取り、肖像画に向かって高く掲げた。「イネス、彼女を見てごらん！」

死者の無邪気な目が彼らを見下ろしたとき、イネスの目からは勢いよく涙が流れ出した。「ああ、ルドルフ、わたし感じるわ、自分が悪くなっていくのを！」

「そんなに泣くのはおよし」彼は言った。「ぼくも悪かったよ。でもどうか我慢してほしいんだ！」――彼は机の引き出しを開けると、一本の鍵を彼女の手に置いた。「あの庭を開けておくれ、イネス！　――あの庭に最初に入るのがきみの足だと思うと、ぼくは幸せな気持ちになるよ。ひょっとしたらマリーの魂がそこできみに出会って、穏やかな目できみをじっと見つめるかもしれない。そしてきみも、姉妹のように彼女の首に腕を回すのかもしれない！」

イネスは開いた手の上にある鍵を、じっと見つめていた。

「さあ、イネス、ぼくが渡したものを受け取らないのかい？」

彼女は首を横に振った。

「いまはまだ受け取れないわ、ルドルフ。いまはまだ。もっとあと、――あとになったらね。そうしたら一緒に庭に行きましょう」美しい黒い目で懇願するように彼を見上げながら、イネスは静かに鍵を机の上に置いた。

一粒の種が地に落ちた。しかし、芽吹きのときはまだずっと先だった。

十一月だった。――イネスはついに、自分が母親に、自分自身の子どもの母になることを確信した。しかし、そう確信したときに彼女を包んだうっとりするような感情には、すぐに別の感情が加わった。それはまるで気味の悪い闇のように彼女にのしかかり、そこから次第に一つの考えが、悪い蛇のように頭をもたげてきた。彼女はその考えを追い払おうとし、家のなかにいる善良な魂の許へと逃げていたが、それは彼女につきまとい、くりかえし現れ、どんどん強くなっていった。彼女は外部から異邦人のように、どっちみちすでに完結した生を内に秘めたこの家に入っただけではなかったのか？　――二度目の結婚生活――そんなものがあっただろうか？　最初の結婚生活こそが唯一の結婚であり、二人が死ぬまで続くべきではないのか？　――死ぬまで、というだけではない！　それ以後もずっと――ずっと、永遠にだ！　そして、もしこれが？　――彼女の顔は一気に熱くなった。自分を切り刻みながら、彼女は最も厳しい言葉を心に留めた。――彼女の子ども、侵入者、この子は自分の家で私生児となるだろう！

イネスは打ちのめされたようにうろうろと歩き回った。若さゆえの幸福も苦しみも、一人で背負っていた。そして、それを彼女と分け合う権利を一番有している人間が、心配そうに、問い質《ただ》すように彼女を見つめても、その唇は死の不安に駆られたかのように閉じたままだった。

――夫婦の寝室には重いカーテンが降ろされ、月の光がカーテンの細い隙間を通してわずかに差し込んできていた。イネスは苦しい考えとともに眠りに就いたが、それから夢を見た。その夢のなかでは、彼女はもうここにはいられない、とわかっていた。この家から出ていかなければならない、ただ小さな荷物だけを持って、遠くへ、ずっと離れたところへ――自分の母のところに戻り、夫とは二度と会わない！　庭の背後で塀の役割も果たしているトウヒの木の後ろに、外に出られる小さな門があった。鍵はバッグのなかにあった。彼女は出ていこうとした――いますぐに。――

ベッドのフレームから枕へと月の光が移動して、いまやその青白い光で美しい顔を照らしていた。――そこで彼女は起き上がった。音を立てずに寝床を抜け出すと、ベッドの脇にあった靴に素足を潜り込ませた。いま彼女は白い寝間着を着て、部屋のまんなかに立っていた。毎晩そうしているように、黒髪は二本の長い三つ編みとなって胸の上に垂れ下がっていた。しかし、いつもならとてもしなやかな体は、力なくうずくまっているように見えた。眠っていたときの重荷が、いまだに彼女の身に覆い被さっているようだった。両手を前に伸ばして手探りしながら、彼女は部屋のなかを移動していった。荷物も、鍵も、何も持たなかった。椅子の上に置かれている夫の服に指が触れたとき、彼女は一瞬ためらった。まるで別の想像が彼女のなかに湧き起こってきたかのようだった。しかしすぐに、静かに厳かに部屋のドアから出ていくと、階段を下りた。それから下の玄関ホールで、庭に続くドアのかんぬきの音が響いた。冷たい空気が吹きつけてきて、夜風が彼女の胸の上の重いお下げを持ち上げた。

——どうやって背後の暗い木立を抜けたのか、彼女にはわからなかった。しかしいま、いたるところで藪のなかから飛び出してくる音が聞こえた。追っ手が彼女に迫っているのだ。彼女の目の前に大きな門が現れた。小さな両手で全身の力をこめて、彼女は両開きの門の一方を押し開けた。荒れ果てた、見まごうことのない荒野が彼女の前に広がっていた。それから突然、大きな黒犬が何匹も、せわしなく走って彼女に向かってきた。湯気を吐く口から赤い舌が垂れているのが見えた。彼らの吠え声がどんどん近づいてきて――ますます響き渡った――

そこで彼女の半ば閉じていた目が開いた。ゆっくりと、彼女は我に返った。自分が大きな庭のなかに立っているのに気がついた。片手で鉄の格子戸の取っ手を握っていた。風が彼女の軽やかな寝間着と戯れていた。入り口の脇に立つ西洋菩提樹の木々からは、黄ばんだ落ち葉がシャワーのように彼女の上に降り注いでいた。――いや――あれは何だったのだろう？　モミの木の方から、ついさっき聞こえたと思った犬の鳴き声がいまも響いていた。何かが枯れた枝を折りながら近づいてくるのがはっきりと聞こえた。死の不安が彼女を襲った。――そしてまた、鳴き声が響いた。

「ネロ」と彼女は言った。「あれはネロだわ」

この家の守り手である黒い犬と彼女は、一度も仲良くしてはいなかった。知らず知らずのうちに、本物の犬がさっき夢のなかで見た恐ろしい犬たちと一つに溶け合っていた。そしていま、その犬が芝生の向こうから大きなステップで自分に向かってくるのが見えた。しかしネロは彼女の前でうずくまり、間違いなく喜びの甘え声を出しながら、彼女の素足を舐めた。同時に家の方から足音が聞こえ、一瞬の後に夫の両腕が彼女を包んだ。ほっとして、彼女は夫の胸に頭をもたせかけた。

犬の鳴き声に起こされて、彼は突然の驚きとともに、自分の傍らの妻の寝床が空っぽになっているのを見たのだった。ふいに彼の心の目に、暗い水面が光る光景が浮かんだ。亡き妻の庭からほんの千歩ほど行ったところの野道の脇、ハンノキの茂みの下を水が流れているのだ。数日前のように、自分がイネスと一緒に緑の岸辺に立っている姿が浮かんだ。葦が生えているところまで彼女が降りていき、前もって道で拾った石を深みに投げ込むのが見えた。「戻っておいで、イネス！　そこは危ないから」彼は叫んだ。しかし彼女は憂鬱そうな目をしながらそこにあいかわらず立ち止まり、黒い水面にゆっくりと広がっていく円を見つめていた。「ここは底なしなのね？」彼がようやく彼女を腕に抱いて引っ張っていったとき、彼女はそう尋ねた。

彼が裏庭に向かって階段を駆け下りたとき、こうした記憶のすべてが荒々しく脳裏をかすめていった。あのときも彼女は、家の庭を通って出ていった。そしていま彼は、いまだに木から滴り落ちる夜露で美しい髪を濡らし、ほとんど服も着ていない妻に、ここで出会ったのだ。

彼は階段を下りる前に自分が羽織った肩掛けで、彼女の体を包んだ。「イネス」と彼は言った。心臓が激しく鼓動していて、ほとんど乱暴な口ぶりになった――「何なんだ？　どうしてここに来たんだ？」

彼女は一人で震えていた。

「わからないわ、ルドルフ――外に行きたかったの――夢を見ていたのよ。ああ、ルドルフ、何か恐ろしいことだったに違いないわ！」

「夢を見たって？　そうか、夢を見たのか！」彼はそうくりかえし、重荷から解放されたようにほっと息を吐いた。

彼女はただうなずいただけで、あとは子どものように家のなかへ、それから寝室へと連れ戻された。

寝室で夫がそっと彼女を腕から離すと、彼女は言った。「ずっと黙っているけど、きっと怒ってるのね？」

「どうして怒ってるなんて思うんだい、イネス！　きみのことが心配だったんだよ。前にもこんなふうに夢を見たことがあったのかい？」

最初は首を横に振るだけだったが、彼女はすぐに考え直した。「いいえ――一度あったわ、でもそのときは何も恐ろしいことはなかった」

彼が窓辺に歩み寄ってカーテンを開いたので、月の光が部屋全体に流れ込んできた。

「きみの顔が見たいんだ」彼女をベッドの端に座らせ、自分もその傍らに腰を下ろしながら、彼は言った。「きみが当時、どんな楽しい夢を見たのか話してくれないかな？ 大きな声を出す必要はないよ。この柔らかな光のなかだったら、どんな小さな音でも耳に届くからね」

彼女は夫の胸に頭を寄せかけて、彼を見上げた。

「あなたが知りたいならお話しするけど」と、彼女は考えながら言った。「あれはわたしの十三歳の誕生日だったと思う。わたしは小さなキリストにすっかり夢中になって、人形なんかもう見たくないほどだった」

「小さなキリストだって、イネス？」

「ええ、ルドルフ」彼女は休息を求めるように、さらにぎゅっと彼の腕のなかに身を投げかけた。「母がわたしに一枚の絵をプレゼントしてくれたの。聖母マリアと子どもの絵よ。居間の勉強机の上に、きれいに額に入れて掛けてくれたの」

「知ってるよ」と彼は言った。「いまでもそこにあるね。小さなイネスの思い出として、お母さまがとっておかれたんだろう」

──「ああ、優しいお母さま！」

彼はイネスをさらにしっかりと引き寄せた。それから、「もっと話してくれるかい、イネス？」と言った。

「もちろん！　でも恥ずかしいわ、ルドルフ」そうしてイネスは、小さな声でためらいながら話し続けた。「その日、わたしはずっと子どものイエスを眺め続けたの。午後になって遊び友だちが来たときも、こっそり絵のところに歩いていって、ガラス越しにイエスの小さな口にキスした。──まるでイエスが生きているような気がしたの──絵のなかの聖母のように、この子を腕に抱けたら！　と思った」──彼女は沈黙した。この最後の言葉を言うときには、ささやく息のように声が小さくなっていた。

「それから、イネス？」彼は尋ねた。「ずいぶん苦しそうに話すんだね！」

──「いいえ、いいえ、ルドルフ！　でも──その夜、わたしは夢を見ながら起き上がったらしいの。というのも翌朝家族は、わたしがベッドであの絵を腕に抱きかかえているのを見つけたからよ。割れたガラスに顔を押しつけて眠っていたそうよ」

しばらくのあいだ、部屋のなかはまったく静かになった。

──「そしてさっきは？」と彼はある予感に駆られながら、彼女の目を深く、心をこめて覗き込んだ。「きょう、ぼくの傍らから夜の闇のなかにきみを追いやったのは何だったんだ？」

「さっきはどうだって言うのね、ルドルフ？」――彼は、彼女の全身に震えが走るのを感じた。彼女はいきなり彼の首に両腕を巻きつけ、声を詰まらせながら、意味のわからない混乱した言葉を不安そうにささやいた。

「イネス、イネス！」彼は言って、苦悩に満ちた美しい顔を両手で支えた。

――「ああ、ルドルフ！　わたしを死なせてちょうだい。でも、わたしたちの子どもは追い出さないでね！」

彼は膝をついて彼女の前にくずおれ、彼女の両手にキスした。彼はメッセージだけを聞き取り、そのメッセージが伝えられた際の不吉な言葉は聞き飛ばした。彼の魂から、あらゆる影が吹き払われた。彼は希望に満ちて、彼女を見上げながら小声で言った。

「これからは何もかも変わるに違いない！」

さらに月日が経ったが、暗い力はまだ打ち破られていなかった。イネスは抵抗を感じながら、ネージーが赤ん坊だったころ使っていた品物に小さな変更を加えた。彼女がいま無言で熱心に縫っている小さな帽子や上着には、たくさんの涙がこぼれ落ちた。

――いつもと違うことが進行中だというのを、ネージーも見逃さなかった。二階の大きな庭に面した側では、いままでネージーのおもちゃがしまわれていた部屋に、突然しっかりと鍵がかけられてしまった。ネージーは鍵穴から覗いてみたが、なかは暗くて、厳格な静けさが支配しているようだった。廊下に出されていた人形の台所を老アンネに手伝ってもらって屋根裏に運んだときには、思い出せる限りずっと前から傾斜した天窓の下に置かれていたタフタ織りのカバー付きの揺りかごが、どこにも見当たらなかった。ネージーは好奇心に駆られてあちこちを探し回った。

「どうして検査官みたいにうろうろしているの?」老アンネが言った。

――「そうなのよ、アンネ、わたしの揺りかごはどこに行ったの?」

老アンネは抜け目のないほほえみを浮かべてネージーを見た。「コウノトリが小さな弟を運んでくるとしたらどうです?」と、アンネは言った。

ネージーは驚いて目を上げた。そんな表現を使われて、十一歳のプライドが傷ついていた。「コウノトリですって?」ネージーは軽蔑したように言った。

「でもね、ネージー」

「そんな言い方する必要ないわ、アンネ。そんなことを信じるのは小さな子どもたちだけよ。でもわたしには、それがバカな話だとわかってるの」

「そうですか？ ――もしよくわかっておいでになるのなら、おませなお嬢さま、子どもたちはどこから来るのですか？ もう何千年も子どもを運んできたコウノトリが連れてくるのでないなら？」

――「神さまのところから来るのよ」ネージーは熱っぽく言った。「突然現れるの」

「神さまお恵みを与えて下さい！」と老アンネは叫んだ。「現代のおませさんたちはなんて賢いんでしょうね！ でもあなたの言うとおりですよ、ネージー。親愛なる神さまがコウノトリにその役目を与えたことをあなたが確信しているなら――神さまはお一人でも子どもをお作りになれるのだと、わたしも思いますよ。――でも、それなら――もし突然現れるものだとしたら、その弟が――それとも妹の方がいいですか？

――嬉しいですか、ネージーさん？」

ネージーは、スーツケースの上に腰を下ろした老アンネの前に立っていた。まじめな顔がほほえみで美しく輝いていたが、それから考えこむ様子だった。

「さあ、ネージーさん」と老アンネがまた追及した。「嬉しいですか、ネージーさん?」

「うん、アンネ」とようやくネージーは答えた。「小さな妹がほしいな。お父さまもきっと喜ぶと思う。でも――」

「おや、ネージーさん、『でも』って何がまだ心配なんですか」

「でも」とネージーはくりかえし、それから一瞬、思い煩うように考えこんだ――「その子には、お母さまがいないじゃない!」

「何ですって?」老アンネはひどく驚いて、苦労しながらスーツケースから立ち上がった。「子どもにお母さまがいないなんて! あなたは考えすぎだと思いますよ、ネージー。さあ、一緒に下に降りましょう! ――聞こえますか? 時計が鳴っていますよ。学校に行く準備をなさい!」

最初の春の嵐が早くも家の周りを吹き抜けていった。そのときが近づいてきていた。――

――「もしわたしがお産を生き延びられなかったら」とイネスは考えた。「彼は、わたしのことも思い出してくれるかしら？」

怯えた目をしながら、彼女は例の部屋の戸口を通り過ぎた。その部屋は、彼女と未来の運命とを無言で待ち受けていた。まるでその部屋のなかに起こしてはいけない何かがいるように、彼女はそっと歩いていった。

そしてついにこの家に、子どもが、二番目の娘が生まれた。薄緑色の小枝が外から窓を叩いていた。部屋のなかでは若い母親がぐったりと横になっていた。日に焼けて温かい小麦色だった頬も、いまでは変わってしまっていた。しかし、彼女の目には体を消耗させる火が燃えていた。ルドルフが枕元に座り、彼女の細い手を握っていた。

イネスは苦労しながら揺りかごの置いてある方向に顔を向けた。揺りかごは老アンネの監督下におかれ、部屋の向こう側にあった。「ルドルフ」と彼女は弱々しく言った。「もう一つ、お願いがあるの！」

――「もう一つだって、イネス？　まだこれからいくつも願いを聞いてあげるつもりだよ」

彼女は悲しそうに夫を見つめたが、一瞬のことだった。それから彼女の目はすばやく揺りかごの方に向いた。「あなたも知ってるとおり」と、イネスはますます重い息をしながら言った。「この家にはわたしの肖像画がないわ！　あなたはいつも、いい絵描きでなければ描かせたくないとおっしゃってたわね。――でもう、いい絵描きを待ってる暇はないのよ。――写真屋を呼んできてくれないかしら、ルドルフ、ちょっと面倒かもしれないけれど――わたしの子ども、この子はわたしの顔を知らないままになってしまうわ。母親がどんな外見だったか、知っていてほしいの」

「ちょっとお待ち！」とルドルフは言いつつ、元気のいい声を出すように努めた。「そんなことをしたらきみは興奮して疲れてしまうよ。きみの頬がまたふっくらしてくるまでお待ち！」

彼女は両手で、掛け布団の上に輝きながら長く伸びている自分の黒髪を撫でた。そして、ほとんど荒々しいといえるような視線を部屋のなかに投げていた。

「鏡を！」彼女は、枕から完全に体を起こすと言った。「鏡を持ってきて！」

夫は止めようとしたが、老アンネがすぐに手鏡を持ってきて、ベッドの上に置いた。病人は急いでそれを手に取った。鏡を覗き込んだとたん、彼女の表情には激しい驚愕の色が浮かんだ。彼女は布を手にしてガラスを拭ったが、結果は変わらなかった。どんどん見知らぬ様子になっていく人が、鏡のなかから病人の苦しそうな顔を見つめていた。

「これは誰なの?」イネスは突然叫んだ。「これは、わたしじゃない! ――ああ、神さま! 肖像画も、写真も、子どもには残らないのね!」

彼女は鏡を取り落とし、痩せた両手で顔を覆《おお》った。

すると、泣き声が彼女の耳に聞こえてきた。何もわからずに揺りかごのなかで寝ている彼女の子どもが泣いたのではなかった。ネージーがいつのまにか入ってきていて、部屋のまんなかに立ってすすり泣き、唇を嚙みながら、暗い目で継母を見ていたのだった。

イネスはそれに気がついた。「泣いてるの、ネージー?」彼女は尋ねた。

しかし、子どもはそれに答えなかった。

「どうして泣いてるの、ネージー?」イネスは激しい口調でくりかえした。

子どもの顔はもっと暗くなった。「わたしのお母さまのことで!」と、ネージーは小さな口でほとんど反抗的に言った。

病人は一瞬たじろいだが、ベッドから両腕を伸ばした。子どもが思わず近づいてくると、イネスは子どもを激しく自分の胸に押しつけた。「ああ、ネージー、お母さまを忘れちゃダメよ！」

するとニ本の小さな腕がイネスの首に回され、彼女にだけ聞き取れる声で、「大好きな、優しいママ！」とネージーがささやいた。

――「わたしはあなたの大好きなママなの、ネージー？」

ネージーは答えなかったが、枕に向かって激しくうなずいた。

「それなら、ネージー」と悲しみのこもった満足そうなささやき声で病人は言った。「わたしのことも忘れないで！　忘れられたくないの！」

ルドルフは身動きもせずにこのできごとを見守っていた。半ばは死の不安に駆られ、半ばは静かな歓喜に浸っていて、この場を邪魔したくないと思った。しかし、不安が優位に立った。イネスは枕に沈み込むと、もうしゃべらなかった。まったく突然に――彼女は眠っていた。

静かにベッドから離れたネージーは、妹の揺りかごの前に跪《ひざまず》いた。彼女は驚嘆しながら、布団のなかから伸ばされている赤ん坊の小さな両手を眺めていた。そして、赤い顔が歪んで小さく頼りなげな声があがると、ネージーの両目はうっとりと輝いた。

そっと歩み寄ったルドルフは、手をネージーの頭にのせて愛撫した。ネージーは振り返り、父親のもう一方の手にキスした。それからまた、小さな妹を見下ろした。――

さらに時間が過ぎた。外には昼の太陽が輝いていたが、窓のカーテンは前よりもしっかりと閉められていた。ルドルフはとっくにまた愛する妻のベッド脇に腰を下ろし、漠然とした期待を抱いていた。さまざまな考えやイメージが頭のなかを去来した。彼は一つ一つのイメージを見つめることなく、ただそれが浮かんでは消えるのに任せていた。以前にも、いまのようなことがあった。彼は不気味な感情に襲われた。まるで自分が二度生きているような気がした。ふたたび「死」という黒い木が生えてきて、暗い枝で家全体を覆ってしまうのを見た。彼は不安に駆られて病人の方を見た。しかし、彼女は穏やかにまどろんでおり、落ち着いた呼吸のリズムで胸が上下していた。窓の下では、咲き誇るライラックの茂みで小さな鳥がずっと囀《さえず》っていたが、彼はその声を聞いていなかった。彼は、いま自分を包もうとしている偽りの希望を追い払おうとしていた。

午後、医者がやってきた。眠っている彼女の上に屈んで、温かく湿った息に包まれている彼女の手を取った。ルドルフは緊張しながら友人の顔を見守っていたが、そこには驚きの表情が現れていた。

「隠さないでくれ！」とルドルフは言った。「ぼくに全部話してくれ！」

しかし医者は、彼の手を握った。

――「助かったぞ！」――この一言を、ルドルフは胸にとどめた。ふいに鳥の鳴き声が聞こえてきた。すべての生命がふたたびみなぎっていた。「助かったぞ！」――彼はすでに、イネスのことも大きな夜の闇のなかに手放していたのだった。朝の激しい動揺が彼女をダメにしてしまったと信じていた。しかし、

彼女は癒やされた、

彼女は高みへと引き上げられた！

詩人のこの言葉のなかに、ルドルフは自分の幸福のすべてを要約した。まるで音楽のように、その言葉はずっと彼の耳のなかで響いていた。

――病人は、あいかわらず眠っていた。彼はあいかわらず待ちながらベッドの脇に座っていた。夜のランプだけが静かな部屋をぼんやり照らしていた。外の庭からは、

鳥の鳴き声の代わりに夜風のざわめきが聞こえてきた。ときおり、ハープが鳴るようにひゅうっと風が吹き、通り過ぎていった。若い枝が小さく窓を叩いた。

「イネス！」と彼はささやいた。「イネス！」彼は、彼女の名前を呼ぶのをやめることができなかった。

すると彼女は目を開き、まるで深い眠りから魂がまず彼の方へ上がってこなくてはならないとでもいうように、彼をじっと長いこと見つめていた。

「ねえ、ルドルフ？」ようやく彼女は言った。「わたし、もう一度目を覚ましたわ！」

ルドルフは彼女を見つめ、どんなに見ても見飽きることがなかった。「イネス」と彼は言った――彼の声はほとんど恭しげに響いた。――「ぼくはここに座って、もう何時間も幸福を重荷のように頭にのせているんだ。幸福を担うのを手伝っておくれ、イネス！」

「ルドルフ――！」彼女は力強い動きで起き上がった。

――「きみは生きられるんだ、イネス！」

「誰がそう言ったの？」

「きみの医者で、ぼくの友人だよ。彼の勘違いではないと、ぼくにはわかってるよ」

「生きる！　おお神さま！　生きる！　――わたしの子どものために、あなたのために！」――まるで、ふいに思い出が甦ってきたかのようだった。彼女は夫の首に両手を巻き付け、彼の耳に口を押しつけた。「そして、あなたの――あなたたちの、わたしたちのネージーのために！」彼女はささやいた。そうして首から手を離すと、彼の両手をつかみ、優しく愛情をこめて彼に語った。「体がとても軽いの！　なぜすべてがあんなに重かったのか、もうわからないわ！」そして、ルドルフに向かってうなずきながら、「見ていてね、ルドルフ！　これから幸せなときがやってくる！　でも――」彼女は頭を起こし、自分の目を彼の目にぎゅっと近づけた――「わたし、あなたの過去にも関わらなくては。あなたが幸せだったときのことを全部話してちょうだい！　そして、ルドルフ、あの人のすてきな絵は、わたしたち共有のあの部屋に掛けておくべきよ。あなたがわたしに話してくれるとき、彼女もそこにいなくちゃいけないわ！」彼はこの上なく幸せな人のように、彼女を見つめた。

「そうだね、イネス、彼女もそこにいなくてはいけない！」

「そして、ネージーも！　あの子の母親の話をあなたから聞いたら、わたしがネージーにそれを話してあげる。――彼女の年齢にふさわしいことだけを、ルドルフ、それだけをね――」

彼は黙ってうなずくのがやっとだった。

「ネージーはどこ?」イネスは尋ねた。「お休みなさいのキスをしてあげたいの!」

「もう寝ているよ、イネス」と夫は言い、手で優しく彼女の額を撫でた。「もう真夜中なんだよ!」

「真夜中! それならあなたも眠らなくちゃいけないわ! でもわたしは――笑わないでね、ルドルフ――お腹が空いちゃったの。何か食べなくちゃ! そのあとで、揺りかごをわたしのベッドの前に持ってきてもらうわ。すぐ近くにね、ルドルフ! そうしたらわたしもまた寝ます。ちゃんと眠れると思う、大丈夫よ。あなたは自分の部屋に行っててちょうだい」

しかし、ルドルフはまだそこにとどまっていた。

「まずは喜ばせてもらわなくちゃ!」と彼は言った。

「喜ばせる?」

「そうだよ、イネス、まったく新しい喜びだ。きみが食べるところを見たいんだよ!」

――「まあ、あなたったら！」

――そして、そうやって喜ばせてもらったあとで、ルドルフは子守役のアンネと一緒に揺りかごをベッドの前に運んだ。

「じゃあ、お休み！　ぼくはまるで、もう一度結婚式を迎えるために眠りに行くような気分だよ」

彼女はしかし、幸せそうにほほえみながら自分の子どもの方を指さした。

――まもなく、すべてが静まりかえった。しかし、死を宿した黒い木がこの家の屋根の上に枝を広げているのではなかった。黄金の穂がそよぐ遠くの畑から、まどろみの赤い芥子《けし》の花が穏やかにうなずきかけていた。豊かな収穫が、未来に控えているのだった。

そしてまた、バラの季節がやってきた。――大きな庭の広い小道で、愉快な同伴者が立ち止まった。ネロはどうやら出世したようだ。というのも、もはや人形の馬車ではなく、本物の乳母車につながれていて、ネージーがネロのがっしりした首に最後のバックルを留めたときにも、辛抱強く待ち続けていたからだ。老アンネは小さな車に付けられた日よけの方に屈み、布団をつまんで直していたが、そこにはまだ名前のついていないこのお屋敷の娘が大きな目を開けて横になっていた。早くもネージーが声をかけた。「ほーい、ほら、ネロ！」そうやって、威厳に満ちた足取りで、小さなキャラバン隊は恒例の散歩に出発した。

ルドルフと、以前よりも美しくなって彼の腕につかまっているイネスは、ほほえみながらこの様子を見ていた。そして、彼らも歩き始めた。茂みを抜け、庭の塀に沿って脇の方に歩いていき、まもなく、いまだに鍵のかかっている門の前に出た。そこにはもう、蔓は垂れ下がっていなかった。蔓の下にアーチ型の骨組みが作られていたので、木陰の道を歩くように、アーチの下をくぐってそこに近づくことができた。彼らは一瞬、塀の向こう側の無人の寂しい場所で飛び回る鳥たちの、いろいろに混じり合った歌声に耳を澄ました。しかしそのとき、イネスの小さいけれど力強い両手が鍵を回し、きいっと音を立てながらかんぬきが外れた。庭のなかで、鳥たちがざわめきながら舞い上がるのが聞こえた。それからすべてが静かになった。門は片手の幅くらいに開いたが、内側で花を咲かせている蔓植物に巻きつかれていた。イネスはありったけの力を入れて押した。きしんだり、ぽきぽきと折れたりする音がした。しかし、門は絡みつかれたままだった。

「あなたがやらなきゃダメね！」イネスはほほえみ、疲れ切って夫を見上げながら、しまいにそう言った。

男の手で、門はようやく一杯に開いた。それからルドルフは、引きちぎられた蔓を用心深く両脇に片付けた。

彼らの前には、いまや明るい日光に照らされて、砂利道が輝いていた。だが二人は静かに、まるで例の月夜のように、新緑の針葉樹のあいだをその道に向かっていった。何百もの花をつけて雑草の茂みから顔を覗かせている八重バラのそばを通り過ぎ、道の終わりの崩れかけた茅葺き屋根の東屋まで、二人は歩いていった。その前ではいまクレマチスの花が、ガーデンチェアを覆って咲き誇っている。東屋のなかには昨年の夏と同じように、ツバメが巣を作っていた。ツバメは怖いものなどないように、彼らの頭上で出たり入ったりしていた。

彼らはここで、どんな話をしたのだろう？　――いまやイネスにとっても、ここは聖なる土地だった。――二人はときおり沈黙し、戸外の花の香りのなかで戯れる昆虫の羽音にひたすら耳を澄ました。ルドルフはもう何年も前に、その音を聞いたことがあった。それはずっと変わりない音だった。人間は死んでいったのに、これらの小さな演奏家たちは永遠に生きていたのだろうか？

「ルドルフ、わたし発見したわ！」またイネスが話し始めた。「わたしの名前の最初の文字を取って、それを最後につけてみて！　なんて名前になる？」

「ネージーだ！」ルドルフはほほえみながら言った。「それはぴったりだな」

「ごらんなさい！」イネスは続けた。「だからネージーは、わたしと同じ名前を持ってるのよ。わたしの子どもがネージーのお母さまの名前をもらったら、都合がいいんじゃない？　――マリーよ！　――きれいで柔らかい響き。わかるでしょ、子どもたちにとって、自分がどんな名前で呼ばれるのを聞くかっていうのは、重要な問題よ！」

彼は一瞬、沈黙した。

それから、「名前をもてあそぶのはやめよう！」と言って、彼女の目をじっと覗き込んだ。「ダメだよ、イネス。たとえ自分の可愛い幼な子の顔をもってしても、彼女の像は上塗りされるべきじゃないんだ。マリーでもない、イネスでもない――きみのお母さまはその名前を望んだけれどね――ぼくは、そのどちらも子どもにつけたくないんだ！　イネスという名前だって、ぼくにとってはただ一度だけで、けっしてふたたびこの世に現れるものではないよ」――しばらくして、彼は付け加えた。「きみは、わがままな夫を持ったと言うだろうか？」

「いいえ、ルドルフ、あなたはネージーの立派な父親だと言うわ！」

「そしてきみは、イネス？」

「しばらくの辛抱よ、――わたし、あなたの立派な妻になるから！　――でも――」

「この上にまだ『でも』があるのかい？」

「文句があるわけじゃないのよ、ルドルフ！　――でも――もし時間《とき》が過ぎたら――だって、いつかは終わりが来るんですもの――わたしたちがみな天国に行くことを、あなたは信じていないけれど、でも天国は一つの希望かもしれない――彼女がわたしたちに先立っていったその場所で、そしたら」――彼女は夫の方に体を持ち上げ、両手を彼の首に巻きつけた――「わたしを振るい落とさないでちょうだい、ルドルフ！　そんなことはしないで。わたし、あなたから離れないから！」

彼はイネスをしっかりと腕に抱き締めて言った。「ぼくたちは、まず次のことをしようじゃないか。人間が自分や他人に教えられる、一番いいことだよ」

「それは何？」彼女は尋ねた。

「生きることだよ、イネス。できる限り幸せに、長く！」

そのとき、門から子どもの声が聞こえてきた。まだ言葉にならない、小さな、胸に迫ってくる声だった。それから明るい「ほーい！」「ほら！」という、ネージーの力強い声。忠実なネロに牽引され、老家政婦に守られながら、屋敷の喜ばしげな未来が、過去の庭に入場したのだった。

人形使いのポーレ

ぼくは若いころ旋盤加工が得意で、学校での勉強がおろそかになるほど、それに入れ込んでいた。ある日、副校長がぼくに間違いだらけの宿題を返却しながら、「ひょっとしたらきみは妹さんの誕生日祝いに洋裁用のネジでも加工していたのかね」と尋ねた。そんなことはこれまで、めったになかったのだが。でも、旋盤加工を通してすばらしい男性と知り合えたおかげで、そんなちょっとした居心地の悪さも埋め合わされ、それ以上の充実感に変わっていた。この男性は美術品を旋盤加工したり修理したりするパウル・パウルゼンという人で、ぼくたちの町を代表する市民の一人だった。父はぼくが何かしているのを見るたびに、そこにある種の徹底を要求する人で、そんな父の依頼を受けて、パウルゼンがぼくに、ぼくの小さな作品に必要な道具の取り扱いを教えてくれることになった。

パウルゼンは広範な知識の持ち主であり、皆から認められる職人としての高い能力を備えていただけではなく、将来この技能がどんなふうに発展するかということについての洞察も備えていた。そのため、いまになって新しい真実として伝えられる多くのことに関して、ぼくはふと、これは老パウルゼンが四十年前に言っていたことだぞ、と気がつくのだ。――ぼくはすぐに、彼に気に入ってもらうことができた。パウルゼンは、決められた授業の時間以外に、ぼくがもう一度放課後に彼のところに行くと、喜んでくれた。そんなときぼくらは工房か、あるいは夏の日には――というのも、ぼくたちの付き合いは何年も続いたからだが――彼の自宅の小さな庭に立つ大きな菩提樹の下のベンチに腰を下ろした。その際にぼくたちが交わした会話、いやむしろ、年長の友人がその際にしてくれた話のなかで、ぼくはものごとを学び、ものごとにぼくの考えを向けることを学んだ。そうしたものごとは人生においてとても重要なのに、後になってギムナジウムの教科書を見ても、それらについては何の言及も見つけられなかった。

パウルゼンは北海に面したフリースラント地方の出身で、この地方の特徴が顔にも非常に美しく刻み込まれていた。癖のない金髪の下には思慮深い額、物思いに耽《ふけ》る青い目があった。彼の声には、父親から受け継いだ故郷の方言の、柔らかい歌のような響きがあった。

この北方出身の男の妻は、茶色い髪でほっそりした体つきだった。彼女の言葉には、まぎれもなく南ドイツの響きがあった。ぼくの母はこの女性について、彼女の黒い目は湖を焼き尽くすことができる、と言っていた。でも若いころの彼女は、滅多にないほどの優美な姿だったそうだ。――いまでは髪のなかに銀糸のようなものが混ざっていたけれど、彼女の顔のかわいらしさはいまだに消えていなかった。若者に特有の、美に対する敏感な感覚のせいで、ぼくはすぐに可能なかぎり、ちょっとした手助けや奉仕で彼女の手伝いをするようになった。

「この子をごらんなさい」そんなとき、彼女は嬉しそうに夫に言うのだった。「焼きもちは焼かないの、パウル？」

するとパウルはほほえんだ。彼女の冗談と彼のほほえみからは、二人が心の底でつながっているという意識が滲み出ていた。

彼らには、当時外国で暮らしていた一人息子以外に子どもはいなかった。ひょっとしたらいくぶんはそのせいで、ぼくは二人にとって歓迎すべき存在だったのかもしれない。とりわけパウルゼン夫人はぼくに、あんたはちょうど息子のヨーゼフと同じおもしろい鼻をしていると、くりかえし断言したのだった。パウルゼン夫人がぼくの大好きな、この町ではまったく知られていない小麦粉料理の作り方を心得ていて、ときおりぼくをお客として招くのをやめなかった、という事情も隠すわけにはいかない。——そういうわけで、パウルゼン家にはぼくを引きつける充分な理由があったのだった。父は、勤勉な市民であるパウルゼン家にぼくが往き来するのを喜んで見ていた。「お邪魔にならないように気をつけるんだぞ！」というのが、父がこの関係についてときおり注意を促した唯一のことだった。けれどもぼくは、自分がこの友人の家に頻繁に出入りしすぎていたとは思わない。

そんなある日、ぼくの実家で、この町出身の老人に、ぼくの最新のかなり成功した作品を見せる機会があった。

老人は作品に感心してみせたが、父はそれに対して、息子はほとんど一年前からパウルゼン親方のところで見習いをしているのです、と話した。

「それはそれは」と老人は答えた。「人形使いのポーレのところで！」

友人にそんなあだ名があるとは、いままで聞いたこともなかった。ぼくは少々でしゃばって、その名前にどんな意味があるのか尋ねた。

しかしその老人は意地悪なほほえみを浮かべただけで、何も教えてくれなかった。

次の日曜日、ぼくはパウルゼン夫婦から、結婚記念日を一緒に祝ってほしいと、夕食に招待されていた。晩夏のことで、ぼくは充分早く出発し、到着したときにはまだ奥さんは台所で支度をしていたので、パウルゼンと一緒に庭に出て、大きな西洋菩提樹の木の下でベンチに腰かけた。「人形使いのポーレ」という言葉がまた思い浮かび、頭のなかをぐるぐる巡ってしまって、パウルゼンの話にもほとんど応えられないほどだった。とうとう彼がちょっと真剣な様子で、ぼんやりしているぼくを叱責したので、単刀直入に、あのあだ名は何を意味しているのか尋ねてみた。

彼は大いに憤慨した。「誰がきみにそんなバカな言葉を教えたんだ?」ベンチから跳び上がって、彼は叫んだ。だが、ぼくが答える前に、また隣に腰を下ろした。「放っておけ!」と、物思いに耽りながら彼は言った。「実のところ、その言葉は人生がわたしにくれた最上のものを意味しているんだ。——きみに聞かせてあげよう。その時間はあるからね」

——わたしは、この家と庭で育った。わたしの実直な両親がここに住んでいたんだ。そしていつか、わたしの息子もここに住むようになるといいんだが! わたしが子どもだったのは、もうずいぶん前のことだ。だが、あのころのいくつかの事柄は、まるで色鉛筆でスケッチしたかのように、はっきりと目に浮かぶ。

我が家の玄関の脇には当時、白いベンチがあって、背もたれと肘掛けには緑の支柱が使われていた。このベンチの一方からは、長い通りに沿って教会まで見渡すことができ、もう一方からは、街の外の畑まで眺めることができた。夏の夕べには両親がここに腰を下ろし、仕事のあとの休息をとったものだった。しかし、その前の時間帯にはわたしがここを占領して、新鮮な空気と東西方向への晴れやかな眺めを楽しみながら、宿題をやっていたんだよ。

そんなふうに、ある午後――それが九月で、ミヒャエリス教会の歳の市の後だったことはよく覚えている――算数の先生に出された代数の例題を石板に書いていたら、珍しい一団がこちらへ向かってくるのが見えた。荒々しい小型の馬に曳かせた二輪車だ。車に積んだ、かなり丈の高い二つの箱のあいだに、こわばった表情の、大柄な金髪の女性と、黒髪の頭を元気よく左右に動かしている九歳くらいの女の子が座っていた。その脇を、手綱を手にした小柄で陽気なまなざしの男が歩いていたが、庇のある緑色の帽子からは、短い黒髪が木の芽のように突っ立っていた。

馬の首につけられた鐘を盛んに鳴らしながら、彼らはやってきた。そして、うちの前の路上で、荷馬車が停止したんだ。「ねえ、坊や」と女の人がわたしに向かって呼びかけた。「鍛治屋が泊まれる宿はどこ?」

わたしの石筆はとっくに止まっていた。わたしはあわてて跳び上がると、車に駆け寄った。「すぐそこだよ」と言って、四角く刈り込んだ西洋菩提樹のある古い家を指さした。きみも知っている通り、その家はいまでも向かいに立っているよ。

可愛い女の子は箱のあいだで立ち上がり、色褪せたコートのフードから頭を突き出して、大きな目でこちらを見下ろしていた。男の方は、「ちゃんと座ってな、嬢や! ありがとうよ、坊や!」と言うと、小さな馬に鞭を当てて、指さされた家の方に向かったが、そこからはすでに緑色のエプロンをつけた太った主人が、彼らを出迎えるために出てきていた。

到着した人々が同業組合の資格を持っていないことは、わたしの目にも明らかだった。しかし——いま思えばれっきとした職人仕事の評判とは合致しないことだが——その宿には、わたしから見れば職人よりずっと好ましい人々も出入りしていた。あの家の三階、いまでも窓の代わりに単純な木製の小窓が道路に向かって開くあの部屋は、わたしたちの町で芸を披露する旅の音楽家や綱渡り芸人、猛獣使いが昔から宿泊する場所だった。

そしてまさしく翌朝、わたしが上階の自分の部屋で窓の前に立ち、学校に持っていくカバンの口を閉めていると、向こうの家で小窓の一つが開いた。黒い髪が木の芽のように突っ立っているあの小柄な男が頭を外に出し、爽やかな空気のなかに両腕を伸ばした。それから彼が背後の暗い部屋に顔を向け、「リーザイ！ リーザイ！」と呼ぶのが聞こえた。――すると、彼の腕の下からバラ色の顔が現れた。顔の周りには黒髪が、たてがみのように振りかかっている。彼女の父親がわたしの方を指さして笑い、彼女の絹のような髪の房を何度か引っ張った。彼が女の子に何と言ったのかは聞き取れなかった。だが、それはおそらく次のようなことだったろう。「あの子をごらん、リーザイ！ 昨日の男の子だよ、覚えてるかい？ ――かわいそうに、もうすぐカバンを背負って学校に行かなくちゃいけないんだよ！ お前はなんて運のいい女の子なんだろうね、うちの茶色い馬と一緒にあちこち旅するだけでいいなんて！」――少なくともその小さな女の子は、同情たっぷりにわたしの方を見てきた。わたしが思いきって感じよくうなずくと、彼女もとてもまじめにうなずき返した。

しかしまもなく父親は頭を引っ込めて、屋根裏部屋の背景のなかに姿を消した。彼の代わりに、今度は大柄なブロンドの女性が子どものそばに歩み寄った。彼女は子どもの頭をつかまえると、髪をとかし始めた。この仕事は無言で行われるらしく、櫛が首筋に当たるたびに赤い口を尖らせていたにもかかわらず、リーザイは文句を言うことが許されないようだった。一度だけ彼女は腕を上げて、一本の長い髪の毛を外の西洋菩提樹越しに、朝の空気のなかに飛ばした。わたしの部屋の窓から、その髪の毛が輝いているのが見えた。ちょうど秋の霧を破って太陽の光が押し寄せ、宿の建物の上部を照らしたのだった。

それまでは見通せないほど暗かった屋根裏部屋のなかも、いまでは覗き込むことができた。薄暗い一角で男が机に向かって座っているのがはっきりと見えた。その手には金か銀のように光るものがある。それから、恐ろしい鼻を持った顔のようなものが見えた。だが、どんなに目を凝らしても、それが何なのかわからなかった。突然、木でできたものが箱に投げ込まれるような音がした。それから男は立ち上がり、二つ目の窓から体を乗り出して、また外の通りを眺めた。

女性はその間に、黒髪の小さな女の子に色褪せた赤いワンピースを着せ、編んだ髪を王冠のように、頭の周りにぐるりと巡らせた。

わたしはまだ向こうを眺めていた。「あの子がもう一度うなずくかもしれない」と考えながら。

──「パウル、パウル！」ふいに、我が家の階下から母の声が呼ぶのが聞こえた。

「はい、お母さん！」

その声は、恐怖に襲われたときのようにわたしの手足を打った。

「ほら、算数の先生からお小言をいただくわよ！　とっくに七時の鐘が鳴ったのを知らないの？」

わたしは大急ぎで階段を駆け下りた！

だがわたしは運がよかった。算数の先生はちょうどベルガモットを収穫しようとしているところで、学校の生徒の半数は手と口で先生を助けるために、彼の庭に集まっていたのだ。九時になってからようやく、わたしたちはみんな熱い頬と愉快な顔で石板に向かい、算数の教科書をベンチの上に広げたのだった。

十一時に、まだベルガモットでポケットを膨らませながら校庭に出ると、太った触れ回り役の男が道を歩いてきた。彼はぴかぴか光る真鍮の銅鑼《どら》を鳴らし、ビールでふやけた声で触れ回った。

「城下町ミュンヘンから、機械工で人形使いのヨーゼフ・テンドラー氏が昨日この町に到着し、今晩、射撃協会の大広間で最初の出し物をする。演目は『宮中伯ジークフリートと聖なるゲノフェーファ』、歌謡付き四幕の人形劇である」

それから彼は咳払いし、威厳たっぷりに、わたしの帰り道と同じ方向に歩いていった。そのうっとりするような触れ回りをくりかえし聞くために、わたしは道から道へと彼について歩いた。というのも、これまでに人形劇はもちろん、喜劇だって見たことがなかったからだ。――ようやく彼に背を向けたとき、赤いワンピースがこちらに向かって歩いてくるのが見えた。事実、それはあの小さな人形使いの女の子だった。色褪せた服にもかかわらず、わたしにはまるで彼女がメルヒェンの輝きに包まれているように思えた。

わたしは勇気をふるって彼女に話しかけた。「散歩に行くの、リーザイ?」

彼女は黒い目で不審そうにわたしを見つめた。「散歩?」彼女はその言葉を長く引き延ばしながらくりかえした。「ああ、あんただったの――お利口さんね!」

「どこに行くつもり?」

「布地屋さんよ！」

「新しい服を買うんだね？」わたしは間の抜けた質問をした。

彼女は大声で笑った。「あっちへ行って！　通してよ！　――ううん、端切れを買うだけよ！」

「端切れだって、リーザイ？」

――「もちろん！　人形の衣装に余り布を使うのよ！　それなら高くないし！」

いい考えが、わたしの頭をよぎった。年老いた叔父が、当時この町の市場で布地の商売をしていたのだ。わたしはその店の古い使用人と仲良しだった。「一緒においでよ」わたしは大胆に告げた。「お金はかからないよ、リーザイ！」

「ほんと？」彼女は尋ねたが、わたしたちは一緒に市場へ行き、叔父の家に入っていった。老ガブリエルはいつものように、コショウと塩のような色の上着を着てカウンターの向こうに立っていた。そして、わたしが自分たちの願いをはっきり伝えると、機嫌よく「余り布」の山を机の上に引っ張り出してくれた。

「見て、きれいな赤！」とリーザイは言い、一枚のフランス製綿布を指して熱心にうなずいた。

「使うのかい?」ガブリエルは尋ねた。——使うなんてもんじゃない! 騎士のジークフリートはその晩の催しで、新しく仕立てたベストを着ることになっていた。

「これには組紐もついてるんだよ」と老人は言い、さまざまな種類の金や銀の飾りの切れ端を持ってきた。やがてそこに緑や黄色の絹の布ぎれとリボンも加わり、しまいにはかなり大きな茶色の毛長ビロードも出てきた。「いいよ、持っておいき!」ガブリエルは言った。「これがきみたちのゲノフェーファの毛皮になるよ、古いのがもう色褪せているんだったらね!」老人はすばらしい端切れをすべて包んで、小さな女の子の腕に持たせてくれた。

「お金はかからないの?」彼女は困ったように尋ねた。

そう、お金はかからないのだった。彼女の目は輝いた。「どうもありがとう、親切なおじさん! ああ、父さんがびっくりするわ!」

包みを抱えたリーザイとわたしは、手をつないで店を出た。しかし、家の近くまで来ると彼女はわたしの手を離し、道を越えて鍛冶屋の宿へ走っていった。黒いお下げ髪が首筋で飛び上がっていた。

昼食の後、わたしは玄関の外に立って、胸をドキドキさせながら、きょうの最初の上演に行くために、父から入場料をもらう企てについて考えていた。座席は天井桟敷で充分だったし、わたしたち子どもにとって、その席は二シリングしかしないはずだった。ところが、まだ頭のなかを整理しないうちに、リーザイが道路を渡ってこちらに走ってきた。「父さんが、これをどうぞって!」とリーザイは言い、わたしが何のことだか気づく前にまた立ち去ってしまった。わたしの手には、赤い入場券が渡されていた。そこには大きな文字で「一等席」と書かれていた。

目を上げると、小柄な黒髪の男も屋根裏部屋の小窓から両腕を振って、わたしに合図していた。わたしは彼に向かってうなずいた。この人形使いの人々は、なんて親切なんだろう!「それでは今晩」と、わたしは自分に向かって言った。「今晩、そして——一等席!」

きみはズューダー通りにある射撃協会を知っているよね。入り口の扉には当時はまだ、美しく描かれた等身大の射手の絵があった。羽根帽子をかぶり、ライフル銃を手にしていたよ。ところでこの古い建物は、当時はいま以上に荒廃していた。射撃協会のメンバーは三人にまで減少していた。何世紀も前に昔の領主たちから贈られた、銀の優勝杯や角製の火薬入れ、名誉の印のネックレスなどは、少しずつ投げ売りされていった。きみも知っているように歩道につながっているあそこの大きな庭は、羊や山羊の牧草地として貸し出された。古い三階建ての建物には誰も住んでおらず、利用されることもなかった。活気ある家々に左右を挟まれたその建物は、壁の割れ目を風が吹き抜け、荒廃してそこに立っていた。ただ、上階の大部分を占める白い石灰の壁の殺伐とした大広間では、ときおり屈強な男たちや旅の手品師たちが、自分の技を披露していた。そんなときは射手を描いた玄関の大扉が、ギーギーときしみながら開くのだった。

——次第に夕刻が迫ってきた。それは——しまいには苦痛になってきた。なぜなら、父は教会の鐘が鳴り始める五分前にならなければ、わたしを行かせないつもりだったからだ。劇場で静かに座っていることができるために、わたしには忍耐の訓練が必要なのだ、と父は言っていた。

ようやくわたしは射撃協会の建物に行くことができた。大扉は開いており、たくさんの人たちがなかに押し寄せていた。当時は、みんな好んでこうした娯楽に出かけていた。ハンブルクの劇場まで行くのは遠い道のりだったし、家にちょっとした楽しみの種があって、ここで見られるすばらしい演目を断念できるような人はほとんどいなかった。——樫の木でできた螺旋階段を上がっていくと、リーザイのお母さんが大広間の入り口のレジに座っているのが見えた。古い知り合いのように挨拶してもらえるのではないかと期待して気安く近づいていったが、彼女は表情を変えずに無言のまま、まるでわたしがまったく関係のない他人であるかのように、入場券を受け取った。——いささか気分を害して、わたしは大広間に入った。みんなは出し物を待ちながら、声を抑えておしゃべりをしていた。町のバイオリン弾きが、三人の仲間と一緒に演奏していた。最初に目に留まったのは、大広間の奥、音楽家たちの席の上の方にある赤い幕だった。その幕の中央には、黄金の竪琴の上で交差する二本の長いトランペットが描かれていた。そのトランペットの歌口には、まるで何も見ないでその場に押しつけたかのように、一方には暗い顔、もう一方には笑顔の仮面がくっついていたが、当時のわたしにはそれがとても奇妙に感じられた。——一番前の三列は、もう人で埋まっていた。わたしは四列目のベンチを目指して人をかき分けていったが、四列目には一人の同級生が両親と一緒に座っているのに気づいた。わたしたちの後ろで座席の列は斜めにせり上がっていって、一番後ろの立ち見席、いわゆるギャラリー席では天井までぎりぎり人が立てる高さしか残っていなかった。そのギャラリー席もいっぱいのようだったが、はっきりとは見えなかった。両側の壁につけられたブリキ製のランプで燃えている数少ない獣脂のろうそくは、弱々しい光しか与えてくれなかった。大広間の重たい梁の天井もあたりを暗くしていた。隣に座った同級生は学校の話をしようとしたけれど、どうしてそんなことを考えられるのか、理解できなかった。わたしは演壇と音楽家の席のランプによって厳かに照らされている幕を、ひたすら眺めていた。いま、その表面を風が吹き抜けていった。幕の背後の秘密に満ちた世界がもう動き始めたのだ。一瞬の後、鐘が鳴り響いて観客たちのぺちゃくちゃというおしゃべりがたちまち静かになると、幕が上がった。――舞台を一目見ただけで、わたしは千年前の世界に連れていかれた。塔と跳ね橋のある、中世の城の中庭が見えた。身長五十センチほどの小さな人間が二人、中央に立って熱心に話している。黒い髭があり、銀色の羽根がついた帽子と黄色の糸で縫い取りしたコートを赤い服の上に来ているのが宮中伯のジークフリートだった。彼は異教徒の黒人たちに戦争を仕掛けようとしていて、銀の縫い取りのある青い胴着を着て自分の横に立っている門番の若者ゴーロに、伯爵夫人ゲノフェーファを守るために城に残るよう、命じていた。忠誠心の薄いゴーロは必死で、善良な主君が一人で激しい戦場に行くことになるよう仕向けていたのだった。二人はこうして言葉を交わしながら頭を前後に揺らし、激しくぐいぐいと両腕を動かしていた。――すると外の跳ね橋のところから、引き延ばしたトランペットの音が小さく響いてきた。それと同時に空色の長いドレスを着た美しいゲノフェーファも塔の背後から駆け出してきて、夫の方に両腕を投げかけた。「ああ、心から愛するジークフリートさま、残酷な異教徒があなたを殺しませんように！」しかし、そんなことをしても助けにはならない。もう一度トランペットが鳴り響き、伯爵は威厳を持ちつつもぎこちなく、跳ね橋を通って城から出ていってしまう。外からは武装した軍隊の立ち去る音がはっきりと聞こえた。悪者ゴーロは、いまでは城の主に収まった。――

そうしてこの話は、きみが持っている本にも書いてあるとおりの経過を辿った。――わたしは、すっかり魅了されてベンチに座っていた。この奇妙な動き、人形の繊細な声、あるいはだみ声。それらの声は、本当に人形の口から聞こえてきた。小さな人形のなかに途方もない生命があって、磁石のようにわたしの目を引きつけるのだった。

　第二幕では、話はもっとよくなるはずだった。城の使用人たちのなかに黄色い南京木綿の服を着た男がいて、カスペルルという名前だった。この人形が元気でないとしたら、元気なものなど一つもなかったということになる。彼は途方もない冗談を言うので、大広間が笑いで揺れるほどだった。いずれにせよ、彼のソーセージのように大きな鼻には関節があったに違いない。彼が愚者の知恵ともいうべき笑いを爆発させるとき、鼻自身も愉快でたまらないというように、先端が左右に揺れるのだった。そんなとき、カスペルルは大きな口を開き、年取ったフクロウのように、顎の骨をパキパキいわせるのだった。「バタン！」と彼は叫んだ。そうやっていつも、跳びはねながら舞台に現れるのだ。それから立ち止まり、まず大きな親指だけで話をする。表情たっぷりに親指を回すことができたので、ちゃんと「ここにもあそこにも何もない！何ももらえないよ！」といったような意味が伝わった。それから彼は横目で睨む。それがあまりにも気分をそそる仕草だったので、その瞬間、観客たちもみな、目を斜めにして睨んでいた。わたしは愛すべきカスペルルにすっかり夢中になった！

　とうとう出し物が終わり、わたしはまた自宅の居間に座って、母が冷めないようにしておいてくれた焼き肉を黙って食べていた。父は安楽椅子に座って、いつもの晩のようにパイプをくゆらしていた。「賑やかな出し物だったかい？」と、父が大声で尋ねた。

「よくわかりません、お父さん」とわたしは答えて、大皿のなかの食事を片付けていた。まだひどく心が乱れていたのだ。

父は思慮深いほほえみを浮かべて、しばらくわたしを見つめ、それから口を開いた。「お聞き、パウル。あんまりしょっちゅう人形芝居に行ってはいけないよ。しまいには学校の勉強の妨げになるかもしれないからね」

父は間違ってはいなかった。その後の二日間、代数の課題はひどいできになってしまって、算数の先生がわたしを一番の座から降ろさなくてはならないと脅したほどだった。――わたしが頭のなかで「aプラスbすなわちxはc」と計算しようとすると、その代わりに美しいゲノフェーファの鳥のような声が耳に聞こえてくるのだった。「ああ、心から愛するジークフリートさま、残酷な異教徒があなたを殺しませんように！」一度などは――誰にも見られはしなかったが――「xプラスゲノフェーファ」と石板に書いてしまった。――その夜、わたしの寝室では大きな「バタン！」という声がし、南京布の服を着た親愛なるカスペルルがベッドのなかに飛び込んでくると、わたしの頭の両側で枕に腕を突っ張り、ニヤニヤしてこちらを見下ろしながら「ああ、親愛なるきょうだい！　ああ、心を溶かす親愛なるきょうだい！」と叫んだ。そう言いながら赤くて長い鼻をわたしの鼻に打ちつけたので、わたしは目を覚ました。そうして、当然ながらそれが単なる夢にすぎないことを悟ったのだ。

わたしはこうしたことをすべて自分の胸に納めて、家では人形芝居について口を開こうとはしなかった。しかし、次の日曜日にまたもや触れ役が通りを歩き回り、銅鑼を叩いて「今晩、射撃協会での催しは『ファウストの地獄巡り』、四幕ものの人形芝居！」と大声で告げたときには、——いてもたってもいられなくなった。熱いおかゆの周りを歩く猫のように、わたしは父の周りを忍び歩き、父もついにわたしの無言のまなざしを理解した。——「ポーレ」と父は言った。「お前にとっては心臓への血の一滴かもしれんな。人形劇をすっかり堪能して卒業するための、いい治療になるかもしれない」父はそう言うとベストのポケットに手を入れ、二シリングくれたのだった。

わたしはすぐに家から駆け出した。通りに出てからようやく、芝居が始まるまでにはまだ八時間も待たなくてはいけないことに気づいた。わたしは家々の庭の背後の歩道を歩いていった。芝生がむき出しになっている射撃協会の庭まで来たとき、わたしは思わず敷地のなかに入っていった。上の階の窓からいくつかの人形が顔を覗かせているのではないかと思ったのだ。舞台は建物の奥の側にあった。まずは庭の上の方の、西洋菩提樹や栗の木が密生しているところを通っていかなくてはならなかった。わたしはなんだか気後れがして、それ以上奥に進むことはできなかった。すると突然、この庭で杭につながれていた雄山羊が背中に頭突きをしてきたので、わたしは驚いて二十歩ほど前に飛び出した。そのおかげで、あたりを見回すともう木々の下に立っていた。

どんよりした秋の日だった。黄色く色づいた葉は、もう地面に散っていた。わたしの頭上では、干潟に向かって飛んでいく水鳥が数羽、空中で鳴き声をあげていた。人の姿は見えず、声も聞こえない。わたしはゆっくりと小道に繁茂した雑草のなかを歩いていき、庭と建物を隔てる砂利敷きの細長い中庭まで来た。――ここだ！　その上から、二つの大きな窓が中庭を見下ろしていた。しかし、鉛の枠を嵌《は》めた小さなガラスの背後は黒く、人形は見えなかった。わたしはしばらくそこに佇んでいたが、自分を囲む静寂がだんだん不気味に思われてきた。

そのとき、中庭に出る重い扉が内側からほんの少し開いたのが見えた。それと同時に、黒髪の小さな頭が外に突き出された。

「リーザイ!」と、ぼくは叫んだ。

彼女は黒い目を見開き、ぼくを見つめて言った。「ああ神さま! 何が上がってきてるのかわからなかった! あんた、どこから来たの?」

「ぼくかい? 散歩しているんだよ、リーザイ! でも教えてくれないか、いまもうお芝居をやってるの?」

彼女は笑いながら首を振った。

「でも、じゃあここで何をしてるの?」わたしは砂利敷きの中庭を彼女の方に歩み寄りながら尋ねた。

「父さんを待ってるの」と彼女は言った。「紐と釘を取りに、宿に帰ったのよ。今晩の準備をするの」

「いまは一人なの、リーザイ?」

「あら違うわ、あんたがいるじゃないの!」

「母さんは大広間にいないのかって意味だよ?」わたしは言った。

いや、母さんは宿にいて人形の洋服を修理しているのだった。リーザイはここで、一人きりだった。

「ねえ」わたしはまた話し始めた。「頼みを聞いてくれないかな。きみたちの人形のなかで、カスペルルっていう名前のがあったよね。一度、カスペルルをそばで見てみたいんだけど」

「ソーセージみたいな鼻の人形のこと?」リーザイは言い、しばらく考えこんでいるように見えた。「うん、大丈夫だと思うけど、父さんが帰ってくる前に大急ぎで見てね!」

この言葉とともに、わたしたちはもう建物に入り、急な螺旋階段を足早に登っていった。大広間のなかはほとんど真っ暗だった。中庭に向いた側の窓は、すべて舞台で蔽われていたからだ。カーテンの隙間から、何本かの光の筋だけが差し込んできていた。

「こっちよ!」リーザイは言い、壁際の、絨毯で作った囲いを持ち上げた。潜り込んでみると、なかに魔法の神殿があった。――しかし、昼の光のなかで裏側から見てみると、その神殿はかなりみすぼらしく見えた。板と横木で組んだ足場の上に、カラフルな色をつけた幕が何枚か掛かっていて、そこが演じる場所だった。聖なるゲノフェーファの人生が、わたしの目を奪いつつそこで演じられていったのだ。

しかし、みすぼらしいと思ったのは早計だった。書き割りから壁に向かって渡された針金に、二体のすばらしい人形が吊るされているのが見えた。こちらに背を向けて掛けられているので、どの人形か見分けることはできなかった。

「他の人形はどこなんだい、リーザイ？」わたしは尋ねた。一度、全部の人形を見てみたいと思ったからだ。

「ここに箱があるの」とリーザイが言い、部屋の隅に置いてある箱を小さな拳で叩いてみせた。「そこにぶら下がっている二つは、もう支度済み。でもそばに行ってみてごらん。あんたの友だちのカスペルルもそこにいるよ！」

ほんとうに、カスペルルはそこにいた。「今晩も登場する？」とわたしは尋ねた。

「もちろん、いつも出るよ！」

わたしは腕を組んで、親愛なる愉快な「なんでも屋」を眺めた。七本の糸につながれて、カスペルルはそこにぶら下がっていた。頭が前に倒れていたので、大きな目は床を見つめ、赤い鼻は幅の広いくちばしのように胸にのっかっていた。「カスペルル、カスペルル、なんて無様にぶら下がっているんだ」と、わたしは独り言を言った。すると、人形はすぐに答えた。「待ってろよ、きょうだい。今晩まで待ってろ！」――それは、わたしの頭のなかだけで聞こえたのだろうか、それともカスペルル自身がわたしに話しかけたのか？――

わたしはあたりを見回した。リーザイはいなくなっていた。父さんが戻ってこないかどうか見張るために、建物の入り口まで行ったのだろう。――そのとき、大広間の出口から彼女が声を張り上げるのが聞こえた。「人形に触っちゃダメだよ！」――うん――でもわたしは、それを我慢することができなかった。静かに脇にあるベンチに登ると、あちこちの糸を引っ張り始めた。顎がかくかくと動き始め、両腕が持ち上がり、すばらしい親指も、ぐいぐいと前後に動き始めた。ぜんぜん難しくなかった。人形を使うのがこれほど簡単だとは思ってもみなかった。――腕は前後にしか動かなかったが、この前見た芝居ではカスペルルが左右にも腕を伸ばしていたのは確実だった。そうだ、頭の上で手を打ちさえしたのだ！　わたしはあらゆる糸を引っ張り、手で腕を曲げてみようとしたが、うまくいかなかった。ふいに、人形の内部で小さな「カシャン」という音がした。「やめよう！　手を引っ込めよう！　壊れてしまうぞ！」わたしは考えた。

わたしは静かにベンチから降りたが、それと同時にリーザイが大広間に入ってくる足音が聞こえた。

「急いで、急いで！」リーザイは叫び、闇のなか、わたしを螺旋階段まで引っ張っていった。「あんたを入れたのは、ほんとうはいけないことなの。でも、楽しんでくれたよね！」と彼女は続けた。

わたしは先ほどの、小さな「カシャン」という音のことを考えた。「でも、きっと大したことじゃないさ！」こう言って自分を慰めながら、わたしは階段を下り、裏口から外に出た。

カスペルルがただの木の人形だということは、はっきりしていた。だがリーザイは——なんて優しい言葉をかけてくれたのだろう！　そして、わたしを人形たちのところに行かせてくれたなんて、なんて親切なのだろう！——もちろん彼女が自分でも言ったように、父さんに隠れてこっそりやったことではあり、完全に正しいとはいえなかった。恥ずかしいことだが、告白しなければいけない——こっそり入れてもらえて、わたしは悪い気がしなかった。それどころか、こっそり入れてもらえたことで、このことにはさらに味わい深い思い出が加わったのだ。庭の西洋菩提樹や栗の木の下をまた歩道までぶらぶら歩いていくとき、わたしの顔には自己満足のほほえみが浮かんでいたに違いなかった。

ただ、そんなふうに心くすぐられる思い出の狭間に、ときおりわたしの心の耳にあの「カシャン」という、人形の体のなかの音が聞こえてきた。わたしはその音を聞いたのだし、一日中、自分の心のなかに響いてくるその不愉快な音を黙らせることはできなかった。


夜七時の鐘が鳴った。射撃協会ではこの日曜の晩、すべての席が埋まっていた。わたしは今回は後ろの席で、床から一メートル五十センチの高さのところにある、二シリング席だった。獣脂のろうそくがブリキのランプのなかで燃え、町の音楽家と仲間たちがバイオリンを奏でていた。幕が上がった。

高い丸天井のゴシック様式の部屋が現れた。ファウスト博士が黒くて長いガウンを着て、大型本を開いて座っている。そして、自分の学識はほとんど何の役にも立たない、と苦々しく嘆いていた。身につけている上着はぼろぼろだし、借金をどうしていいかわからない。だからいま、地獄と関係を結ぼうと思う。――「俺を呼ぶのは誰だ?」彼の左側の丸天井から、恐ろしい声が響いてきた。――「ファウスト、ファウスト、ついていっちゃダメだ!」右側からは別の、上品な声が聞こえてきた。――しかしファウストは、地獄の力を呼び出してしまう。――「ああ、お前の哀れな魂!」そよ風のため息のように、天使の声が響いた。左側からは、耳をつんざくような笑い声が部屋のなかに轟いた。――すると、部屋のドアをノックする音がした。「先生、お邪魔していいですか?」ファウストの弟子のワーグナーが入ってきた。彼は、些末な家事をやらせるために、助手を雇うことを願い出た。そうすれば、自分はもっと研究に打ち込むことができるようになるからだ。「カスペルルという名前の若者がやって参りました。どうやら立派な能力を持っているようです」とワーグナーは言った。――ファウストは鷹揚にうなずき、「よろしい、ワーグナー、願いを認めよう」と言った。そして二人は退場した。――

「バタン!」と声がした。彼が登場した。いっぺんに舞台に跳び上がってきたので、リュックが背中の上で跳びはねた。

――「やれやれ、助かった!」と、わたしは考えた。「カスペルルは元気そうだ。この前の日曜日、美しいゲノフェーファの城にいたときと同じように跳びはねている！」不思議なことに、午前中、自分の考えのなかではカスペルルをみすぼらしい木の人形だと思ったにもかかわらず、最初の台詞を聞いたとたん、また魔法が戻ってきた。

カスペルルは部屋のなかを元気よく行ったり来たりした。「もしいま、父ちゃんが俺を見たなら」と、彼は大声で言った。「父ちゃんは喜ぶことだろうなあ。いつも言ってた。『カスペルル、ものごとに弾みがつくようにするんだぞ！』さあ、いまや俺には弾みがついてるぞ。自分の持ち物を高く放り投げられるんだから！」――そう言って、カスペルルはリュックを空中に放り投げようとした。実際、針金が引っ張られたので、リュックは丸天井まで飛んでいった。しかし――カスペルルの腕は、体にくっついたままになってしまった。ぴくぴく動きはしたが、ほんの数センチも上に上げることができなかった。

カスペルルは何もしゃべらず、何もしなくなった。舞台の奥がざわつき始めた。小さな、でも激しくしゃべる声がした。芝居の進行は、一瞬中断してしまった。

わたしは心臓が止まりそうだった。突発事件だ！　逃げ出したかったが、それは恥ずかしいことだった。もしわたしのせいでリーザイが怒られてしまったら！

すると舞台上でカスペルルが突然悲しそうに泣きわめき始めた。頭と両腕がダラリと垂れ下がっている。弟子のワーグナーがふたたび登場して、なぜそんなに嘆き悲しんでいるのかと尋ねた。

「ああ、俺の歯が、俺の歯が！」とカスペルルは叫んだ。

「よき友人よ」とワーグナーは言った。「それでは一度、口のなかを見せたまえ！」ワーグナーがこう言ってカスペルルの大きな鼻をつかまえ、顎骨のあいだを覗き込んでいると、ファウスト博士も部屋に入ってきた。――「先生、お許し下さい」とワーグナーが言った。「この若者は、仕事の役に立ちません。すぐに野戦病院に送らなければ！」

「それって食堂かい？」カスペルルが尋ねた。

「いいえ、ご友人」とワーグナーは答えた。「それは畜殺場です。そこに行けば、親知らずを抜いてもらえるでしょう。そうすれば、痛くなくなります」

「ああ、神さま！」とカスペルルは嘆いた。「可哀想な俺に、そんな不幸が降りかかるなんて！　親知らずだって、お弟子さん？　そんなもの、俺の家族で持ってた奴はいないよ！　カスペルルさまのお仕事も、もうおしまいかい？」

「いかにも、ご友人」ワーグナーは言った。「親知らずのある使用人は、まったくお呼びではありません。それは、我々学者のものですからね。[1]しかし貴殿には、わたしのところでの奉公を申し出た、もう一人の甥っこがいる。ひょっとしたら」と、ワーグナーはファウスト博士に向き直った。「先生がお許し下さるかもしれません！」

ファウスト博士はもったいぶって頭の向きを変えた。

「好きなようにせよ、親愛なるワーグナー」ファウスト博士は言った。「しかし、くだらぬことでわたしの魔法の研究を妨げないでくれ！」

「おやまあ、驚いた」とわたしの前で手すりに凭《もた》れていた仕立屋の徒弟が隣席の男に言った。「これは筋が違うぞ。俺はこの話、知ってるんだ。しばらく前にザイファースドルフで見たのさ」――しかし隣席の男は、「黙ってろ、ライプツィヒ野郎！」と言って、彼の肋骨のあたりをつついた。

――舞台ではその間に、二番目のカスペルルが登場していた。彼は病気の叔父と、どう見てもそっくりだった。しかし、まさしく叔父のような話し方をしても、彼には

1　「親知らず」がドイツ語では「知恵の歯」と呼ばれることによる。

よく動く親指が欠けていた。そして、大きな鼻にも関節がないように見えた。

芝居がまた穏やかに進んでいったとき、わたしは胸から石が取り除かれたような気がした。そして、すぐに周りの世界を忘れてしまった。悪魔のメフィストフェレスは、火のように赤いマントを着、額に角をつけて現れた。そしてファウストは自分の血で、地獄の契約にサインしてしまった。

「二十四年間、お前はわたしに仕える。その後は、わたしの体も魂もお前のものだ」

そのあと、二人は悪魔の魔法のコートにくるまって空中を飛び去っていった。カスペルルに対しては、コウモリの翼をつけたとんでもないヒキガエルが空から降りてきた。「地獄のスズメに乗って、イタリアのパルマへ飛ぼうか?」と、カスペルルは叫んだ。ヒキガエルがぐらぐらしながらうなずいたとき、カスペルルはその背に上り、ファウストとメフィストを追いかけた。

——わたしは、一番後ろの壁際に座っていた。そこからだとあらゆる頭を越して向こうがよく見渡せるのだ。いまや、最後の幕が上がった。

ついに年季が明けた。ファウストとカスペルルはまた故郷の町に戻っていた。カスペルルは夜警になっていた。彼は暗い道を歩きながら、時間を触れ回る。

紳士諸君、聞きたまえ、きみたちに伝えよう。
うちのかみさんが俺を殴った。
女のスカートに気をつけろ！
十二時になった！　十二時になった！

遠くから、教会の鐘が真夜中を知らせるのが聞こえてくる。すると、ファウストがよろけながら舞台に登場する。祈ろうとするが、喉から出てくるのはむせび泣き、そして歯ががちがちと鳴る音だけだ。空から、雷のような声が聞こえてくる。

ファウスト、ファウスト、お前は裁かれた！

火の雨とともに黒髪の悪魔が三人舞い降りてきて、哀れなファウストを捕らえようとした。その瞬間、わたしは足許の板がずれるのを感じた。屈んで板の位置を直そうとしたとき、床下の暗い空間から物音が聞こえるような気がした。耳を近付けてみると、それは子どものすすり泣きのようだった。――「リーザイ！」わたしは思った。「これがリーザイだとしたら！」まるで石のように、自分の悪行がまた胸にのしかかってきた。自分はなぜ、ファウスト博士の地獄行きの話などに夢中になっていたのだろう！

胸をドキドキさせながら、わたしは観客をかき分け、脇の板組みのところから下に潜り込んだ。すぐに客席の下にある空間に入り込んだが、そこでは壁に沿ってまっすぐ立って歩くことができた。しかし、ほとんど真っ暗だったので、そこらじゅうで下に突き出ている横木や梁にぶつかってしまった。「リーザイ！」と呼んでみた。ついさっき耳にしたすすり泣きが、突然静かになった。一番奥の隅で、何かが動くのが見えた。部屋の端まで手探りしていくと――そこに彼女がうずくまっていた。頭を太腿に押しつけている。

わたしはリーザイの服を引っ張り、小さな声で言った。「リーザイ！　きみだろ？ここで何をしてるの？」

リーザイは頭を少しだけ上げた。「何を話せばいいの！　あんた、自分でわかってるだろ、カスペルルを壊したってこと」

「そうなんだ、リーザイ」わたしはしょんぼりと答えた。「ぼくがやったんだと思う」

──「そう、あんたよ！　──あれほど注意したのに！」

「リーザイ、ぼくは何をしたらいい？」

──「うう、何もできないよ！」

「でも、このままだとどうなる？」

──「うう、どうにもならない！」リーザイはまた大声で泣き始めた。「でもあたしは──家に帰ったら──鞭で叩かれるよ！」

「きみが鞭でぶたれるのかい、リーザイ！」わたしは絶望的な気分になった。「父さんはそんなに厳しいの？」

「あーん、父さんはいい人だよ！」リーザイはすすり泣いた。

じゃあ母さんがぶつのか！　おお、わたしは興奮し、いつも無愛想な顔で切符売り場に座っているあの女性を憎んだ！

舞台からは二番目のカスペルルが叫ぶのが聞こえた。「これで芝居はおしまいだ！　おいで、グレーテル、一緒に最後のダンスを踊ろう！」そしてその瞬間、わたしたちの頭上でも足を引きずったりバタバタ歩いたりする音が聞こえた。すぐにみんながベンチから騒がしい音を立てながら下りていき、出口に向かっていった。最後に町の音楽家が仲間たちと一緒に歩いていくのが、立ち去る際に壁にぶつけたコントラバスの響きでわかった。それから次第に静かになり、背後の舞台の上でテンドラー夫妻が話し合う声と、忙しく立ち働く音だけが聞こえた。しばらくして夫妻も観客席にやってくると、最初に音楽家の席の明かり、それから壁の明かりを消しているらしいのが、次第に暗くなる様子でわかった。

「リーザイはどこに行ったんだろう！」テンドラー氏が、反対側の壁の明かりを消している妻に向かって呼びかけるのが聞こえた。

「どこにいることやら！」妻は叫び返した。「強情な子だからね！　宿に戻ったんだろう！」

「お前」と、夫は答えた。「お前もあの子に厳しすぎるんじゃないか。ほんとは優しい子なのに！」

「何言ってるの」と妻は大声で言った。「罰は受けなくちゃいけないよ。あの子だって、きれいな人形がわたしの父から受け継いだ大事なものだってわかってるんだから！　あんたにもカスペルルは直せないよ。それに二番目のカスペルルは困ったときだけ使う召使いなんだよ！」

声高な言葉のやりとりが、人のいない大広間に響いた。わたしはリーザイの隣でうずくまっていた。わたしたちは手を取り合い、ひっそりと静かにしていた。

「当然の報いだよ」ちょうどわたしたちの頭上に立っていたテンドラー夫人が、また話し始めた。「あんたが神さまを冒瀆《ぼうとく》するような芝居をきょうまたやるというので、わたしが苦しんだのもそのせいだよ！　亡くなった父は最後のころ、もうこの芝居を演じようとはしなかったじゃないか！」

「まあ、まあ、レーゼル！」テンドラー氏は反対側の壁から叫んだ。「お前の父親は特別な人だった。この芝居はいつだって客がよく入るじゃないか。それに、世間のなかで神さまを知らずに生きているたくさんの人間にとって、教訓となり模範となる話でもあるんだよ！」

「だけど、これを出し物にするのはきょうが最後だよ。もうその話はしないでおくれよ！」と、妻は答えた。

テンドラー氏は沈黙した。――いまではついている明かりは一つだけとなり、夫妻は出口に近づいていった。

「リーザイ」とわたしはささやいた。「ぼくたち、閉じ込められちゃうよ」

「ほっといて！」と彼女は言った。「あたしは帰れない、ここから出ていけない！」

「じゃあ、ぼくもここにいるよ！」

——「でも、あんたの父さんと母さんは！」

「いや、きみのそばにいるよ！」

そのとき、大広間の扉が閉じられた。——それから階段を下りる足音が聞こえ、外の通りで建物の玄関の大きな扉に鍵を掛ける音が聞こえた。

わたしたちはそこに座っていた。一言も交わさずに、十五分くらいそうしていただろうか。幸いなことに、母にねだった一シリングでここに来る途中に買った菓子パンが二つ、ポケットに入っていることを思い出した。芝居を見ているあいだはすっかりそのことを忘れていたのだ。わたしはリーザイの小さな手のなかに、パンを一つ押し込んだ。彼女は、わたしが夕食を準備するのは当然だとでもいうように、黙ってそれを受け取った。わたしたちはしばらくのあいだ、パンを味わっていた。しかし、その食事も終わってしまった。——わたしは立ち上がって言った。「舞台の裏に行こうよ。

そこの方が明るいと思うよ、外から月が照らしているから！」リーザイは我慢強く、わたしに導かれるままにジグザグに組まれた横木のあいだを通って、大広間に出ていった。

化粧張りの背後の舞台空間にすべりこんだとき、庭から明るい月の光が窓に差し込んできた。

午前中には二体の人形だけがかかっていた針金のロープには、先ほどの芝居に登場したすべての人形がぶら下がっていた。青ざめた鋭い顔のファウスト博士、角のあるメフィストフェレス、三体の小さな黒髪の悪魔、翼のあるヒキガエルの横に、二人のカスペルルたちもいた。青白い月の光に照らされて、静かにぶら下がっているのが、まるで死んだ人たちのように思えた。主役のカスペルルは幸いなことにまた幅広いくちばしのような鼻を胸につけていた。そうでなければ、彼のまなざしがわたしを追いかけてくるように感じてしまったことだろう。

リーザイとわたしはしばらくのあいだ、何をしていいのかわからないまま劇場の足場の周りに立ったりよじ登ったりしていたが、その後は並んで出窓の敷居に凭れていた。外は天気が悪くなっていた。空では月に向かって雲の塊が移動していた。眼下の庭では木の葉が大量に、風に吹かれて飛んでいくのが見えた。

「ごらんよ」とリーザイが考え深そうに言った。「葉っぱが泳いでるみたいだよ！　これじゃあ、ばあちゃんも天から下を見ることができないね」

「どのおばあさんのこと、リーザイ？」

――「うう、あたしがいた場所で死んじゃったばあちゃんだよ」

それからまた、わたしたちは夜の景色を眺めていた。風が建物に向かって吹きつけ、小さな薄い窓ガラスにぶつかったとき、わたしの背後で針金のロープにぶら下がった静かな人形たちが、木製の手足をカタカタ鳴らし始めた。思わず振り返ると、隙間風に揺らされながら人形たちが頭をがくがくさせ、こわばった腕や足をめちゃくちゃに動かすのが見えた。突然、故障中のカスペルルが頭をのけぞらせ、こちらを白い目でにらみつけたので、わたしは少し脇に寄った方がいいかな、と思った。

窓から遠くないけれど、揺れながら踊っている人形たちを見なくてすむような場所に、大きな箱が置いてあった。箱は開いていて、おそらく人形を包むのに使うのであろうウールの毛布が無造作にその上に投げられていた。

わたしが箱の方に移動すると、リーザイが窓のところで大きなあくびをするのが聞こえた。

「眠いのかい、リーザイ？」とわたしは尋ねた。

「ううん、違う」と彼女は両腕をしっかり組みながら答えた。

ほんとうに、大きくて人気のない部屋のなかは寒くなっていた。「でも寒いの！」わたしも寒気がした。「こっちへおいでよ！」わたしは言った。「この毛布にくるまろうよ」

それを聞いたリーザイはすぐにそばに来て、辛抱強くわたしに毛布でくるまれるままになっていた。まるで蝶のサナギのように見えたが、とても可愛い顔が上からちょこんと覗いていた。「ねえ」とリーザイは言い、二つの大きくて眠そうな目でわたしを見つめた。「あたし箱に入る、そこなら暖かいから！」

それはわたしにも、いい考えだと思えた。周囲の殺風景な様子に比べて、そこでは心地よさそうな空間が招いており、暖かいものが詰まった小さな部屋のようにさえ見えた。愚かでみじめな子どもだったわたしたちはすぐに、毛布にしっかりくるまり、ぴったりと体を押しつけあって、丈の高い箱のなかに座った。背中と足を、脇の壁に対して突っ張らせて。遠くの方で重たい大広間の扉が合わせ目のところでガタガタ音を立てるのが聞こえたが、わたしたちはまったく安全で気持ちのいい場所に座っていた。

「まだ寒いかい、リーザイ?」わたしは尋ねた。

「ちっとも!」

リーザイはわたしの肩に頭を凭れさせた。両目はすでに閉じていた。「父さんがどう思うか!」彼女はもごもごと呟いた。それから規則正しい呼吸の音が聞こえてきて、彼女が眠り込んだのがわかった。

わたしがいた場所からは、窓の上側のガラスを通して外を見ることができた。月はしばらくのあいだ雲の塊のなかに隠されていたが、いまではふたたび姿を現していた。おばあさんは、いまならまた空から見下ろすことができただろう。きっと喜んで下を眺めたことだろう、とわたしは思った。一筋の月光が、わたしのすぐそばで眠っている小さな顔を照らしていた。黒い睫毛が絹の房のように頬にかかっていた。小さな赤い口は静かに息をしていた。ときおり短いすすり泣きが胸から出て彼女の体をぴくっと震わせたが、やがてそれもなくなった。おばあさんは穏やかに空から見下ろしていた。――わたしは動く気になれなかった。「もしリーザイが妹だったらどんなにすてきだろう、彼女がいつもそばにいてくれたら!」と、わたしは考えていた。わたしにはきょうだいがいなかった。男の兄弟がほしいとは思わなかったが、姉か妹がいる生活はしばしば思い描き、実際に姉妹がいる同級生たちが姉妹たちと喧嘩したり殴り合ったりするのが理解できなかった。

そんなことを考えながら、わたしも眠り込んだに違いなかった。というのも、いろんな荒々しい夢を見た記憶があるからだ。わたしは大広間のまんなかに座っていて、壁には明かりが灯っていたが、わたし以外には誰もベンチに座っていなかった。頭上では、大広間の天井の梁の下を、地獄のスズメに乗ったカスペルルが飛び回り、何度も叫んでいた。「悪い兄だ！　悪い兄だ！」あるいは嘆き悲しむような声で、「俺の腕が！　俺の腕が！」とも言っていた。

そのとき、頭の上に響きわたる笑い声で目が覚めた。急に目に差し込んできた明かりのせいかもしれない。「さあ、鳥の巣を見てみよう！」という父の声が聞こえた。それからいくらかぶっきらぼうに「外に出てこい！」と言うのが聞こえた。

それは、いつでも条件反射的にわたしを跳び上がらせる声の調子だった。わたしは目を開け、父とテンドラー夫妻が箱の傍らに立っているのを見た。テンドラー氏は火が灯ったランタンを手にしていた。立ち上がろうとするわたしの努力は、リーザイによって妨げられた。まだ眠り続けているリーザイは、小さな体の重みをすべて、わたしの胸にのしかからせていたのだ。しかし、二本の骨張った腕がリーザイを箱の外に出そうと伸びてきて、テンドラー夫人の無愛想な顔がわたしたちの方に屈み込んでいるのを見たわたしは、小さな友人の周りで猛烈に腕を振り回し、夫人のイタリア製の古い麦わら帽子をもう少しで頭から叩き落とすところだった。

「おやおや、坊や！」と彼女は叫び、一歩後ずさった。わたしは箱から出ると、勢いよく話し始め、自分をかばうことなく、その日の午前に起こったことを伝えていた。

わたしが話し終えると、父が「それでは、テンドラーの奥さん」と言い、とてもわかりやすい手の動きをした。「このことは息子と二人だけで解決したいと思いますので、お任せ下さいませんか」

「ああ、はい、そうして下さい！」まるで自分にはとても快適な娯楽が約束されているかのように、わたしは熱心に叫んだ。

その間にリーザイも目を覚まし、父親の腕に抱き取られていた。彼女が父親の首に腕を巻きつけ、熱心に耳許でささやきかけたり、優しく目を見つめたりし、何かを誓うようにうなずいているのが見えた。すぐに、人形使いの男はわたしの父と握手した。

「ご主人」と彼は言った。「子どもたちは互いに相手のために嘆願しています。母さん、お前だってそんなにひどいわけじゃないだろう！　今回は許してやろうじゃないか！」

テンドラー夫人はその間も大きな麦わら帽子をかぶったまま、じっと動かずに見つめていた。「カスペルルがいなくてもやっていけるのか、自分で見てみるんだね！」彼女は厳しい目を夫に向けながら言った。

父の顔には愉快そうな目配せが見てとれたので、今回は雷も脇を通り過ぎるだろうという希望をわたしは抱いた。父は、今度、壊れた人形を直すために手をお貸ししましょう、と約束さえした。するとテンドラー夫人のイタリア製の麦わら帽子が魅惑的な動きをした。そこでわたしは、自分たちは安全地帯にいると確信できた。

まもなく、わたしたちは下の暗い路地を行進していった。ランタンを持ったテンドラー氏が先に立ち、わたしたち子どもは互いに手をつないで大人のあとについていった。そして、「おやすみ、パウル！　ああ、眠い！」という言葉とともに、リーザイは行ってしまった。もう家の前に到着したことに、わたしはちっとも気づいていなかった。

翌日の午前中に学校から帰ってくると、もうテンドラー氏が娘を連れてうちの工房に来ているのに出会った。「さあ、ご同僚」人形の内部を点検した父が言った。「我々二人の機械工がこの人形をまた元気にさせられなかったら、具合が悪いことですぞ」

「そうだよね、父さん」とリーザイも叫んだ。「直れば母さんも、もうどうなったりしないよ」

テンドラー氏は優しく子どもの黒髪を撫でてやった。それからわたしの父の方に向いたが、父は自分が意図する修理の仕方について、彼と議論を始めた。「ああ、ご主人」と彼は言った。「わたしは機械工ではないんですよ。その称号は、人形に関してだけ当てはまります。実際は、ベルヒテスガーデン出身の木工職人なんです。だが、亡くなった義父は――きっとあなたも義父のことはお聞きになったでしょうが――立派な機械工でした。そして妻のレーゼルは、自分が有名な人形使いガイセルブレヒトの娘であることに、いまでも小さな慰めを見出しているのです。カスペルルの体のなかの仕組みを作ったのも義父です。わたしは顔を彫っただけで」

「いやそれだって、テンドラーさん」と父は答えた。「立派な技術ですよ。そして――教えてほしいのですが、うちの息子の悪行が芝居の最中に露見したとき、どうやってすぐに切り抜けることができたのですか？」
会話は、わたしにとっていささか居心地の悪い方向に向かっていた。しかし人が好《よ》さそうなテンドラー氏の顔には、ふいに人形使いの遊び心のようなものが浮かんだ。「ええ、親愛なるご主人」と彼は言った。「そんなときのために、ポケットに隠し球があるんですよ！　甥っ子役の、第二のカスペルルがいるのです。ちょうどカスペルルと同じような声のね！」

　わたしはそのあいだにリーザイの服を引っ張り、幸せな気分で一緒に庭に逃れた。いまでもわたしたちの頭上に緑の屋根を広げてくれている、この西洋菩提樹の木の下に座ったんだ。当時、あそこの花壇のナデシコはもう咲いていなかった。だが、その日が天気のいい九月の午後だったことは覚えている。母が台所から出てきて、人形使いの娘と会話を始めた。母にもちょっとした好奇心があったんだ。

　どんなものなの、と母は訊いた。いつもずっと町から町へ旅をしているの？　——そうです、とリーザイは言った。——そのことはわたしも、母に何度も話していた——しかし、リーザイにとっては今回の旅が初めてだった。だから標準語もまだうまく話せないのだという。——学校へは行ったことがあるの？　——もちろん、行ったことはあるわ。でも縫い物と編み物はばあちゃんから習ったの。ばあちゃんの家にも庭があった。そこであたしたち、一緒にベンチに座ってたの。いまは母さんから習っているけど、母さんは厳しくて！

母は同意するようにうなずいた。――ご両親はこの町にどのくらい滞在するつもりなの、と母はまたリーザイに尋ねた。――さあ、わからない、母さん次第だと思う。でもふつうは四週間いるよ。――旅を続けていくのに、暖かいコートは持ってるの？十月になったら、屋根なしの車の上じゃ寒いでしょ。――うん、コートは持ってるけど、薄いのしかないよ。ここに来る途中でももう寒かった、とリーザイは言った。

すると親切な母は、これまでもずっとわたしが目撃してきたのと同じことをした。「お聞き、小さなリーザイ」と母は言った。「わたしのタンスには、まだほっそりした娘のころに着ていたしっかりとしたコートがあるんだよ。でもいまはもう体が大きくなってしまったし、仕立て直してやれるような娘もいないからね。明日またおいで、リーザイ。そうしたらあんたの暖かいコートができてるよ」

リーザイは喜びのあまり顔を赤らめ、ぱっと母の手に飛びついてキスをしたが、母はそれに対して困惑した様子だった。この地方ではきみも知ってのとおり、そんなバカげたことをする人はいないからね！　――幸い、男たち二人が工房から出てきた。「今回は直せたよ！」と父が大声で言った。「だけど――！」わたしに向かって警告するように振られた指が、罰の終わりを示していた。

わたしは大喜びで家に駆け込み、母の指示に従って大きな肩掛けを取ってきた。というのも、直ったばかりのカスペルルを、悪気はないとはいえ居心地の悪い喚声をあげながらここまでついてきた路地の悪童たちから守るために、丁寧に包む必要があったからだ。それからリーザイがカスペルルを抱き、テンドラー氏がリーザイの手を取って、お礼の言葉をくりかえしながら満足して射撃協会の方に道を下っていった。

それからは、子どもにとって一番すばらしい時間が始まった――翌日の午前中だけでなく、その後の日々も、リーザイはうちにやってきた。というのも、リーザイは自分にも新しいコートを縫わせてほしいと言って、許しが出るまであきらめなかったからだ。母が彼女の小さな手に与えたのは見せかけの仕事にすぎないようなものばかりだったが、母は、この子をちゃんと励ましてやらなくちゃね、と言っていた。わたしは二、三度隣に座って、父が競売で買ってきてくれたヴァイセの『子どもの友』から朗読をしたが、そうした娯楽の本をまだ知らなかったリーザイはうっとりと聴いていた。「大したもんだね！」とか、「ああ、世界ではなんてことが起こるんだろうね！」そんな言葉をリーザイはしばしば合間にはさみ、縫い物を持った両手を膝の上に置いた。ときおり、賢そうな目でわたしを下から見上げて言うのだった。「ああ、その話が嘘でなければいいけどね！」――あの声が、いまでも聞こえてくる気がするよ。

――話をしていたパウルゼンは沈黙した。整った男らしい顔には静かな幸福の表情が浮かんでいた。まるで、いま語ってくれたすべては過去のことではあるけれど、少しも失われていないのだと言うかのようだった。しばらくの後、彼はまた話し始めた。

――あのころほど、宿題をきちんとやった時期はなかったよ。父がわたしに前より厳しい目を向けて監視しているのは感じていたし、人形使いの一家とつきあうなら、その代償として一生懸命勉強しなければいけないのはわかっていたからね。「あの人たちは立派な人だ、テンドラーさんはね」と、あるとき父が言った。「向かいの宿の主人も、きょう、彼らにちゃんとした部屋をあてがったよ。毎朝きちんと勘定も払ってるしね。ただ、宿の主人が言うには、彼らはほとんど金を使わないそうだ。もっとも、その方が」と、父は付け加えた。「わたしには好ましく思えるね。宿の主人にはそうではないかもしれんが。あの人たちは困ったときのこともちゃんと考えてる。旅芸人には珍しいことだよ。——父が友人たちを誉めるのを聞いて、どんなに嬉しかったことだろう！　彼らとは、いまでは本当に友人づきあいをしていた。テンドラー夫人でさえ、わたしが夕方、切符売り場を通り過ぎて大広間に入るとき——もはや入場券は必要ではなかった——麦わら帽子をかぶったまま、親しげにうなずいてくれるのだった。——いまでは午前中、走って学校から帰るようになった！　家ではリーザイに会えることがわかっていたのだ。リーザイは台所で母の細々とした手伝いをしているか、一冊の本か縫い物を手に庭のベンチに座っているかのどちらかだった。そしてまもなく、わたしも自分の仕事に彼女を引き込んでいった。操り人形の内部の構造を充分に勉強したと思ったわたしは、ぜひ自分でも人形芝居をやってみようと目論んだのだ。さしあたって人形を彫り始めたところ、テンドラー氏が小さな目に人の好いいたずらっぽさを浮かべながら、木材や彫刻刀の選択などについて忠告や助けを与えてくれた。すぐに、堂々としたカスペルルの鼻が、木の塊のなかから現れた。だが「ソーセージ鼻」が着る南京木綿の服はわたしにはつまらないものに思えた。そこでリーザイが、老ガブリエルがふたたび融通することになった「端切れ」から、どうなるかまだわからない人形のために金や銀で縫い取りをしたコートやベストを作ってくれた。ときには父の徒弟である老ハインリヒが、短いパイプを吹かしながら工房からわたしたちのところに出てくることもあった。ハインリヒはわたしが思い出せる限り、ずっと家族の一員だった。彼はわたしの手からナイフを取ると、二、三度彫ってみせて、作品のそこかしこを整えてくれた。だがわたしの想像のなかでは、テンドラーさんたちの主役級のカスペルルでさえ、もう充分ではなかった。わたしは、まったく別のものを創りたいと思っていた。自分の人形のためには、まだこれまで存在したことのないような、きわめて機能性の高い関節をさらに三つ作るつもりだった。顎が横にがくがく動いたり、耳が前後に動いたり、下唇が開いたり閉じたりできるような人形だ。関節が多すぎて完成前に壊れてしまうことさえなければ、きっと前代未聞のすばらしい人形になっていただろうに。残念ながら、宮中伯ジークフリートや他の人形芝居の英雄たちも、わたしの手によって喜ばしく誕生することにはならなかった。——それよりもわたしがうまく作れたのは、地下の洞窟だった。寒い日にはそのなかでリーザイと一緒にベンチに座り、上に取り付けたガラス窓から入ってくる乏しい明かりの下で、ヴァイセの『子どもの友』に載っている話を朗読してやったりした。リーザイはいつも、あらためて話を聞きたがっていたからだ。同級生たちはわたしをからかい、女の子の家来、と罵った。いつも彼らと遊んでいたわたしが、いまでは人形使いの娘とばかり過ごしていたからだ。同級生のからかいも、妬みが原因だとわかっていたので、わたしはほとんど気にしなかった。からかいの度が過ぎた場合も、一度勇敢に拳骨を振り回すだけでよかった。

――しかし、人生におけるあらゆるできごとは、束の間しか続かないものだ。テンドラー一家は出し物を演じ尽くし、射撃協会の舞台は解体された。彼らは次の目的地に向かうための準備をしていた。

そんなわけで、ある十月の風の強い午後、わたしは町の近郊の小高い荒れ地の尾根に立ち、木々の疎らな東の方向に向かって延びる広い砂の道を悲しそうに見下ろしたり、靄《もや》と霧に包まれて低地に広がる町を懐かしく振り返ったりしていた。そこに二つの背の高い箱をのせ、フォーク型の轅《ながえ》に元気な茶色いポニーをつないだ小さな馬車ががたごととやってきた。今回はテンドラー氏が馬車の前方の板の上に座り、そのうしろでリーザイが新しい暖かいコートを着て、母親の隣に座っていた。――わたしはすでに宿屋の前で彼らと別れの挨拶を交わしたのだが、もう一度会うために先回りをしていた。ヴァイセの『子どもの友』を記念の品としてリーザイにあげる許しも、父から得てきていた。袋に入ったケーキも、日曜日のお小遣いを貯めた数シリングで手に入れていた。「止まって！　止まって！」わたしは叫び、荒れ地の丘から馬車に向かって走っていった。——テンドラー氏が手綱を引き、茶色い馬は足を止めた。わたしは馬車の上のリーザイに小さな贈り物を渡し、彼女はそれを自分の横の椅子に置いた。一言も言わずに両手を握りあったわたしたち哀れな子どもは、大声で泣き出してしまった。だがその瞬間、テンドラー氏がまたポニーに鞭を当てた。「さよなら、坊や！　元気でいるんだよ、そしてお父さんとお母さんにありがとうと伝えておくれ！」「さよなら！　さよなら！」とリーザイが叫んだ。ポニーが馬車を引っ張り、首につけた鐘がチリンチリンと鳴った。小さな手がわたしの手のなかから滑り出ていくのを感じた。彼らは遠くへ、広い世界へと去っていってしまった。

わたしはまた道の端をよじ登り、砂を埃のように巻き上げていく小さな馬車をじっと見送っていた。チリンチリンという鐘の音がどんどんかすかになっていった。もう一度、白いハンカチが箱の周りではためくのが見えた。それから次第に、彼らの姿は灰色の秋の霧のなかに消えていった。——そのとき突然、死の不安のように胸にのしかかってくるものがあった。お前は彼女に二度と、二度と会えないぞ！　――「リーザイ！」わたしは叫んだ、「リーザイ！」――しかし、呼んでも返事はなく、おそらくは街道がカーブしているせいで、霧のなかに泳いでいた点のような姿も完全に目の前から消えてしまったとき、わたしはやみくもに彼らを追って走りだした。突風がわたしの頭から帽子を奪っていき、ブーツのなかは砂で一杯になった。どんなに遠くまで走っても、木々のない荒廃した土地と、その上に広がる冷たい灰色の空以外のものは見えてこなかった。――夕闇が迫るころにようやく家に帰り着くと、町中の人がその間に死に絶えたかのような気分になった。それは、わたしの人生における最初の別れだったのだ。

それに続く年月のあいだ、秋が訪れてノハラツグミが町の庭を飛び回り、向かいの仕立屋の宿で最初の黄色い葉が西洋菩提樹から舞い落ちるとき、わたしは何度もベンチに座り、茶色いポニーに曳かせたあの小さな馬車がまた鐘を鳴らしながら道を上ってこないだろうか、と考えていた。

しかし、待っても無駄だった。リーザイは二度とやってこなかったのだ。

十二年が過ぎた。——わたしは計算学校を出たあと、当時多くの職人の息子たちがそうしていたように、ギムナジウムの第三学年もやり、それから父のところに見習いに入った。生業を学ぶほかに、いい本をたくさん読むことのできたこの時代も過ぎていった。遍歴の修業を三年間やったあとで、わたしはドイツ中部の町に滞在していた。そこは厳格なカトリックの町で、その点に関しては、人々は冗談を受け付けなかった。彼らが聖歌を歌いつつ聖人の像を掲げて道路を練り歩くときに自ら脱帽しないものは、帽子を叩き落とされることになった。しかし、それ以外のことでは彼らは親切だった。わたしが働かせてもらっている工房の親方は女性で、未亡人だった。彼女の息子はわたしと同じような立場で、将来親方の資格を得るための申請の際、組合で定められた遍歴修業の年数を満たしていることを証明できるように、よその町で働いていた。わたしは親方の家で、いい暮らしをさせてもらっていた。おかみさんは自分の息子が遠方で他の人々から親切にしてもらえるようにという願望のもと、わたしにも親切にしてくれた。わたしたちのあいだにはすぐに信頼関係が育ち、商売はほとんどすべてと言っていいほど、わたしの手に任された。——いまではうちの息子のヨーゼフが彼女の息子のところで働いていて、ヨーゼフの言葉によれば老婦人はまるで実の祖母であるかのように彼の世話を焼いてくれているそうだ。

——さて、ある日曜日の午後におかみさんと居間に座っていたときのことだ。居間の窓は大きな刑務所の扉と向き合っていた。一月のことで、温度計はマイナス二十度を指していた。外の路地には人の姿は見当たらなかった。ときおり近くの山から風がひゅうと音を立てながら吹き下ろし、小さな氷の塊がからからと音を立てながら舗石の上を転がっていった。

「暖かい部屋にいて熱いコーヒーを飲めるのは気持ちのいいことだね」おかみさんが言いながら、わたしのカップに三杯目のコーヒーを注いだ。

わたしは窓辺に歩み寄った。思いは故郷にあった。親しい人々のことを思っていたわけではない。彼らはすでに亡くなっていた。わたしはいまや、徹底的に人との別れを学んでいた。母が亡くなる際は、わたしが目を閉じてやることができた。数週間前に、父も亡くなっていた。とても長い旅をしなくてはならなかったせいで、父を墓地に埋葬するのにも間に合わなかった。しかし、父の工房は亡くなった親方の息子を待っていた。そのあいだはまだ老ハインリヒが工房にいて、組合の親方たちの許可を受けて、短期間仕事をやりくりすることになっていた。そのようなわけで、親切なおかみさんに対して、二、三週間後に彼女の息子が到着するまではまだここに滞在することを、わたしは約束していた。だが、わたしの心にはもはや平安はなかった。父の新しい墓は、わたしがよその町でこれ以上ぐずぐずすることを許さなかった。

そんなわたしの物思いを、道路から聞こえてきた、鋭い非難の声が中断した。目を上げてみると、半ば開けられた刑務所の扉から、結核を患った看守が首を伸ばしていた。振り上げた拳は、普通の人びとが恐れるこの空間にほとんど力ずくで押し入ろうと試みている若い女性を脅しつけているようだった。

「愛する人が刑務所にいるんだろうね」安楽椅子からわたしと同じようにこのできごとを眺めていたおかみさんが言った。「でも、あの年老いた罪人には、人間の気持ちなんてこれっぽっちもわからないのさ」

「看守は自分の義務を果たしているだけですよ、おかみさん」まだ物思いに耽りながら、わたしは言った。

「わたしはそんな義務を果たしたくないね」彼女は答えると、腹を立てたように安楽椅子に背を凭せかけた。

道の向こうではその間に刑務所の扉が閉まり、風にはためく短いコートを肩に掛け、黒い布を頭の回りに結んでいるだけのその若い女性は、凍りついた道をゆっくりと下っていった。おかみさんとわたしは黙って自分たちの場所にじっとしていた。わたしが思うに——と言うのもいまではわたしの関心も呼び起こされたからだが——二人とも、助けたいと思いつつどうしていいかわからないかのようだった。

窓辺から離れようとしたとき、あの女性がまたこちらに歩いてきた。刑務所の扉の前で立ち止まると、ためらいながら一方の足を敷居へと導く階段の上にのせた。しかし彼女はまた振り向いたので、その若々しい顔が見え、どうしていいかわからない孤独な表情をした黒い目が、人気のない路地に沿って動くのが見えた。役人の脅すような拳骨に、もう一度向かっていく勇気はないようだった。ゆっくりと、閉ざされた扉の方をくりかえし振り返りながら、彼女は道を歩いていった。どこへ行けばいいのか自分でもわかっていないのが、はっきりと見てとれた。彼女が刑務所の角を曲がって教会の方へ向かう小道に入っていったとき、わたしは思わずドアのフックから自分の帽子を取り、あとを追おうとした。

「そう、そう、パウルゼン、それこそ正しい行動よ！」と、善良なおかみさんは言った。「行ってきなさい。そのあいだにコーヒーを温めておくから！」

家の外に出てみると、ひどい寒さだった。すべてが死に絶えたかのように見えた。道の外れで町の向こうに高くそびえている山から、ほとんど威嚇するように黒いモミの木の森がこちらを見下ろしていた。多くの建物の窓ガラスには、白い氷のレースがくっついていた。すべての家が、うちのおかみさんのように五棚[2]の薪をもらう権利を持っていたわけではなかったからだ。――わたしは路地を通って教会広場の方へ歩いていった。その広場の大きな木の磔刑像の前で、若い女性が凍った地面に倒れ伏していた。頭を下に向け、両手は太腿のあいだにはさんでいる。わたしは黙って近づいた。彼女が十字架のイエスの血に濡れた顔を見上げたとき、わたしは声をかけた。「あなたのお祈りを邪魔したとしたら申し訳ないけど、この町の人じゃありませんよね？」

彼女は姿勢を変えずに、ただうなずいた。

「あなたを助けたいんですが」と、わたしはまた話しかけた。「どこに行きたいのか、教えてくれませんか！」

「どこだかもうわかりません」彼女は無表情に言い、また頭をがっくりと胸の上に垂らした。

「でも、あと一時間で夜になります。こんなひどい天気では、これ以上路上で過ごすなんて無理ですよ！」

「神さまがお助け下さるでしょう」彼女が小声で言うのが聞こえた。

「ええ、ええ」とわたしは大声で言った。「神さまがわたしをここに遣わしたのだと思います！」

前よりも強いわたしの声の調子が、彼女を目覚めさせたかのようだった。というのも、彼女は起き上がり、ためらいながら近寄ってきたからだ。首を伸ばしてどんどん顔をわたしに近付け、そのまなざしはわたしを捕らえようとするかのように迫ってきた。「パウル！」彼女は突然叫んだ。そして、まるで歓声のように、胸から言葉が溢れ出してきた。「パウル！　ああ、神さまがあなたを送って下さったのね！」

いったい、わたしの目はどこについていたのだろう！　そこにはあの子が、かつての遊び友だち、小さな人形使いのリーザイがいた！　もちろん彼女はほっそりした美しい女性になっていた。しかし、いつも笑っていた子ども時代の顔には、いま、最初の喜びの輝きが通り過ぎたあとで、深い苦悩の表情が現れていた。

2　約十五立方メートル。

「なぜひとりぼっちでここにいるんだい、リーザイ？」わたしは尋ねた。「何が起こったの？　お父さんはどこ？」

「刑務所よ、パウル」

「きみのお父さんが、あの善良な人が！　――一緒においで、ぼくはこの町で、きちんとしたおかみさんのところで働いているんだ。おかみさんもきみのことを知っているよ。よくきみの話を聞かせたからね」

かつて子どもだったときのように、わたしたちは手を取り合って善良なおかみさんの家に帰ったが、おかみさんはすでに窓からわたしたちが来るのを見ていた。「リーザイだったんですよ！」部屋に入るやいなや、わたしは大きな声で言った。「考えてもみてください、おかみさん、リーザイですよ！」

善良なおかみさんは胸の前で両手を打ち合わせた。「マリアさま、お助けくださ い！　リーザイだったのね！　――そうかと思ったよ！　でも」と彼女は言葉を継いだ。「どうしてあの年取った罪深い看守と関わってるんだい？」そう言って、おかみさんは指を伸ばし、刑務所の方を指した。「あんたは立派な人たちの子どもだと、パウルゼンは言っていたけどねえ！」

しかしおかみさんはすぐに娘を部屋のなかに引き入れ、自分の安楽椅子に座らせた。そして、リーザイがおかみさんの問いに答えようとすると、その唇の前に湯気の立つコーヒーカップを差し出した。

「まずはお飲み」とおかみさんは言った。「まずは気を取り直して。あんたの両手、すっかりかじかんでるじゃないか」

リーザイは言われるままにコーヒーを飲んだが、キラキラ光る二粒の涙がカップのなかに転げおちた。それからようやく、彼女の話す番がきた。

かつて子どもだったとき、そして先ほどの苦しい孤独のなかで話したときのような故郷の方言を、彼女はもう使わなかった。ただ、かすかな訛りだけが残っていた。彼女の両親はもはやわたしたちが住む北海沿岸までは上がってこず、ほとんど中部ドイツにとどまっていたのだ。リーザイの母親は数年前に亡くなっていた。「父さんから離れないで！」というのが、母が最期の瞬間に娘の耳許でささやいた言葉だった。「父さんの子どものような心は、この世界では善良すぎるから」

リーザイはこの思い出を話しながら、激しく泣き始めた。涙を押しとどめようとしておかみさんが新しく注いだコーヒーも、飲もうとしなかった。そして、かなり時間が経ってからようやく、また話を続けられるようになった。

母親が死ぬとすぐに、人形芝居のなかの女性の役を代わりに演じられるよう、父親から習うのがリーザイの最初の仕事になった。その間に、華やかな葬儀が営まれ、死者のための最初のミサも行われた。それから、新しい墓をあとにして、父と娘はまた以前と同じように地方を巡り、芝居を上演した。「失われた息子」、「聖なるゲノフェーファ」、そのほかの作品である。

そうして昨日、旅の途中で大きな教会のある村に立ち寄り、そこで昼の休憩をしたのだった。慎ましい昼食を食べたテーブルの前の硬いベンチで、父テンドラーは半時間のあいだぐっすりと眠り、リーザイは外で馬に餌をやった。そのすぐあとで、ウールの毛布にしっかりくるまりながら、彼らはまた新たに厳しい冬の寒さのなかを出発したのだった。

「でもあたしたち、遠くまでは行けんかったです」とリーザイは語った。「村を出るとすぐに、馬に乗った役人がこっちに向かって走ってきて、大声でわめきたてたんです。食堂の主人が、机の引き出しから金の入った袋が盗まれたと言ったらしいんです。そして、あたしの純真な父さんが、一人でその部屋にいたんです！ ああ、あたしたちには故郷も友人も名誉もありません。誰もあたしたちのことを知らないんです！」「あんた、あんた」おかみさんはわたしの方に合図を送りながら言った。「そんなに嘆いて罪を犯しちゃいけないよ！」

しかし、わたしは黙っていた。リーザイの嘆きももっともだと思ったからだ。――彼らは村に戻らなければいけなかった。馬車と、その上にのっているものはすべて、村長に差し押さえられてしまった。老テンドラーは、役人の馬と並んで歩きながら町まで行くように命じられた。リーザイは役人から何度も追い払われながら、少し距離をおいてあとからついていった。神さまがこの事件を解明してくださるまで、少なくとも父親と一緒に刑務所に入っていることができるだろうと期待したからだった。ところが――彼女自身には盗みの嫌疑はかかっていなかった。看守が彼女を勝手に押しかけた人間と見なして扉から追い払ったのも正当な行為だったのだ。彼女には、刑務所に泊まる権利はまったくなかった。

リーザイにはそのことが理解できなかった。これは、本物の悪党が後に受けることになるだろう刑罰よりもひどい仕打ちだ、と彼女は言った。それに、父さんにはこんな厳しい罰を受けてほしくありません、と彼女は付け加えた。善良な父さんの無実が証明できさえすれば！　ああ、このままでは父さんは死んでしまいます！

わたしはふいに、自分がこの町の老伍長と刑事係警部にとって、なくてはならない男であることを思いだした。伍長に対しては紡績機を直してやったし、警部のためには高価な懐中ナイフを研いでやった。伍長からは少なくとも刑務所に入る許可がもらえるだろうし、警部にはテンドラー氏の素行証明書を提出して、この件の処理を速めてもらうきっかけを作ることができるかもしれない。わたしはリーザイにしばらく待つように言って、すぐに向かいの刑務所に出かけていった。

結核を患った看守は、悪事を犯して監獄にいる夫や父たちのところに常に入りたがる恥知らずの女たちを罵った。しかしわたしは、裁判によって「法の下に」判断が下されるまでは、古い友人に悪党の称号をつけるなんてことは絶対にしないでほしい、しかも、絶対にそんなことにはならないという確信が自分にはあるのだ、と伝えた。そして、しばらくやりとりをしたあと、わたしと看守は上階に向かう幅広い階段を一緒に上っていった。

古い刑務所のなかでは空気も滞っていて、上階の長い廊下を歩いていくと、不快な臭いの靄に包まれることになった。廊下の両側にはずらりと囚人房の扉が並んでいた。

わたしたちは廊下の一番奥に近い場所で立ち止まった。看守が正しい鍵を見つけようとして、鍵束を揺すった。それから扉がぎいっと音を立て、わたしたちはなかに入っていった。

房の中央に、わたしたちに背を向けて、やせた小柄な男の立っている姿があった。彼は、壁の上の方に作られた窓から灰色のわびしい光を投げつつ暮れていく一片の空を見上げているようだった。彼の頭では小さな髪の束がいくつも突っ立っていることに、わたしはすぐ気づいた。ただその髪は外の自然と同じように、冬の色彩を帯びていた。わたしたちが入っていくと、小柄な男は振り向いた。

「テンドラーさん、ぼくがおわかりになりませんか?」わたしは尋ねた。

彼はわたしをチラリと見た。「いいえ、ご主人。残念ながらわかりませんな」と彼は言った。

わたしは自分の生まれた町の名前を伝えた。「わたしはあのときにあなたの精巧なカスペルル人形を捻挫させてしまった、役立たずな少年ですよ!」

「おお、そんなことは何でもありません!」彼は困惑して答え、わたしにお辞儀をした。「そんなことはすっかり忘れていました」

彼はどうやら、わたしの話を半分しか聞いていないようだった。彼の唇は、自分にまったく別の話を聞かせるかのように動いていた。

そこでわたしは、先ほどリーザイを見つけたことを話した。すると彼は目を丸くしてわたしを見つめた。「ありがたや！　ありがたや！」彼は言って、両手を組み合わせた。「そう、そう、小さなリーザイと小さなパウル、二人はあのときよく遊んでいたなあ！　――小さなパウル！　きみがパウルなのか？　ああ、信じるよ。あの元気な少年の可愛らしい面影が、まだ覗いている！」彼がわたしに向かって心からうなずいたので、頭の上で白髪の束が揺れた。「そう、そう、あの海辺の町だ。わたしたちはもうあそこへは行かなかったなあ。いい時代だった。偉大なガイセルブレヒトの娘だったわたしの妻が、あのころはまだ生きていた！『ヨーゼフ！』と妻は言ったものだ。『人間の頭に針金さえついていれば、あんたはその人たちを動かせるのにね！』――彼女がいまでも生きていたら、こんなふうに閉じ込められることもなかっただろう。親愛なる神に誓って、わたしは泥棒なんてしていないよ、パウルゼンさん」

細く開けた扉の向こうで廊下を行ったり来たりしていた看守が、すでに何度か鍵束をガチャガチャ言わせていた。わたしは老人を落ち着かせようとし、最初の訊問の際に、わたしの名前を引き合いに出してほしい、わたしはこの町ではよく知られていて尊敬もされているから、と伝えた。

　またおかみさんの部屋に戻ると、おかみさんがわたしに向かって大声で言った。「あれは頑固な娘だよ、パウルゼン。ちょっと助けておくれ。わたしはあの子に、寝るための部屋を提供しようとしたんだ。ところがあの子は出ていきたがってるのさ。物乞いが泊まる宿か、どこだか知らないけどね！」

　わたしはリーザイに、証明書を持っているのかと尋ねた。

「あらまあ、証明書はあの村の村長があたしたちから取り上げてしまった！」

「それじゃあ、どんな宿屋も戸を開けてはくれないよ」わたしは言った。「自分でもわかってるだろう」

　もちろん彼女にもわかっていた。おかみさんは満足そうにリーザイの両手を握った。

「あんたにも考えはあるだろうけど」とおかみさんは言った。「ここにいるパウルゼンは、あんたたちがどんなふうに箱のなかに座っていたか、詳しく話して聞かせてくれたんだよ。でもわたしからは、そう簡単に逃げられないよ！」

リーザイはいささか困惑したようにうつむいた。しかしそのあと、慌ただしく父親のことを尋ねた。それについて伝えたあとで、わたしはおかみさんにいくつか寝具を貸してくれるように頼んだ。そして自分の寝具の一部もそこに足してから、刑務所の囚人房に運んでいった。その許可は、先ほどすでに看守から得ていたのだ。——そんなわけで、わたしたちは夜が来ても、古い友人が殺風景な部屋ながら暖かいベッドのなか、最高の枕の上で、穏やかな眠りによってまた元気になれる、という希望を持つことができた。

翌日の午前、わたしが刑事係の警部のところに行こうと通りに出ると、向かいから看守がスリッパのまま、わたしの方に歩いてきた。「パウルゼンさん、あなたの言うとおりでした」と、彼はキンキンする声で言った。「今回の男は、悪党ではありませんでした。村人たちがいましがた、真犯人を連れてきたんです。あなたのお知り合いはきょうのうちにも解放されるでしょう」

その言葉どおり、数時間後には刑務所の扉が開き、老テンドラーは看守の声に指示されながら、道を渡ってわたしたちのところに来た。ちょうど昼食がテーブルに出されたところだったので、おかみさんはテンドラー氏も食卓に着くようにと言ってきかなかった。しかし、彼はおいしい食事にはほとんど手をつけず、おかみさんがどんなに世話を焼こうとしても、言葉少なに、自分の考えに耽りながら娘の隣に座っていた。ときおり、彼が娘の手を取って優しく撫でているのが目についた。そのとき、外の門のところで鐘がチリンチリンと鳴るのが聞こえた。何の音かははっきりわかっていたが、それはまるで遠い子ども時代から聞こえてくるようだった。

「リーザイ！」わたしは小さな声で言った。

「うん、パウル、聞こえるよ」

まもなく、わたしたち二人は玄関の前に立っていた。見よ、わたしが故郷で何度も思い描いたように、二つの背の高い箱を積んだ小さな馬車が道を下ってやってきた。農家の若者が、手綱と鞭を持ってその隣を歩いていた。しかし、鐘はいま、小さな白馬の首につけられていた。

「あの茶色のポニーはどうなったの？」わたしはリーザイに尋ねた。

「茶色の馬は」と彼女は答えた。「ある日、馬車の前で倒れてしまったの。父さんがすぐに村から獣医さんを呼んだんだけど、生き延びられなかった」その言葉とともに、

か！」

彼女の目から涙が溢れてきた。

「どうしたの、リーザイ？」わたしは尋ねた。「また、すべてがよくなったじゃない

彼女は首を横に振った。「父さんの様子がおかしいの！　あんなに静かだし。屈辱に耐えられないいんだと思う」

親思いの娘の目で見ていたリーザイの意見は正しかった。二人が小さな宿屋に移り、老テンドラーが次の旅行の計画を立て始めたとき――というのも、この町では上演したくなかったからだが――発熱のためにベッドから起き上がれなくなってしまったのだ。すぐに医者を呼んでこなければならなかったが、療養は長期に及ぶことになった。彼らが困窮に陥るのではないかと心配で、わたしはリーザイに、自分の蓄えを使ってくれと申し出た。しかし彼女は、「申し出はありがたいけど、心配しないで。そんなにお金に困ってるわけじゃないから」と言った。そんなわけで、わたしには夜の看護を彼女と交代してやるか、病人の具合がいいときに仕事のあとで小一時間、ベッドの傍らで話をするくらいしか、できることがなかった。

やがて、わたしの旅立ちのときが近づき、わたしはだんだん心が重くなってきた。

リーザイを見ることが苦しくさえなった。彼女もまもなく父親と、広い世界に旅立っていこうとしていたからだ。彼らに故郷があればよかったのに！ 挨拶や便りを送ろうと思っても、どうやって彼らを見つけられるだろうか！ 最初に別れてからの十二年間のことを、わたしは思った。——またそんな長い時間が過ぎるまで会えないのだろうか、それとも、結局は一生会えないままだろうか？

「そして、あんたが国に帰ったら、実家の建物によろしくね！」最後の晩、わたしを玄関まで送りながら、リーザイが言った。「まだ目に浮かぶよ。玄関前のベンチ、庭の西洋菩提樹、絶対に忘れない。世界中で、あれほど好きな場所はなかった！」

彼女がそう言ったとき、わたしにはまるで故郷が暗い淵から輝きだしてくるようだった。母の優しい目や、しっかりとまじめそうな父の面影が浮かんだ。「ああ、リーザイ」とわたしは言った。「ぼくの実家はいまどこにあるんだろう！ すべてが荒れ果てて、空っぽなんだ」

リーザイは答えなかった。ただわたしの手を握り、善良な目で見つめるだけだった。

その瞬間、母の声が聞こえてきたように思えた。「この手をしっかりと握って、彼女と一緒に家に帰りなさい。そうすればあなたにはまた故郷ができるのよ！」——そこで、わたしはリーザイの手をしっかりと握って、言った。「ぼくと一緒に帰ろうよ、リーザイ。あの空っぽの家で、一緒に新しい人生を作っていこう。きみが好きだったうちの両親が、かつて送っていたようないい人生を！」

「パウル」と彼女は叫んだ。「何を言ってるの？　わたしには意味がわからない」

彼女の手はわたしの手のなかで激しく震えだした。わたしは「ああ、わかってくれよ、リーザイ！」と言っただけだった。

彼女は一瞬、沈黙した。「パウル、あたしは父さんを置いてはいけんよ」と彼女は言った。

「一緒に来てもらおうよ、リーザイ！　裏の離れには二部屋あって、いまは空いているんだ。お父さんはそこに住んで、いろいろ仕事ができるよ。老ハインリヒの仕事部屋もすぐ隣だしね」

リーザイはうなずいた。「でもパウル、あたしたちは旅芸人だよ。故郷の人たちはあんたのことをどう言うだろうね？」

「みんな、ものすごく噂話をするだろうね、リーザイ！」

「怖くないの？」

わたしはただ、笑っただけだった。

「そんなら」とリーザイは言い、彼女の声は鐘のように響いた。「あんたに勇気があるなら——あたしにもあるよ！」

「じゃあきみは、喜んでぼくと結婚するの？」

「うん、パウル、喜んでするのでなければ」——彼女は茶色の頭をわたしに向かって振った。「けっしてそんなことはしないよ！」——

「そして、坊や」ここで語り手は話を中断した。「そんな言葉を言うときに、娘の黒い一対の目がどんなふうに男を見つめるか、それはきみがあと二十年生きてようやくわかることだよ！」

「そうか、そうか」とぼくは思った。「まずは、湖をも燃え上がらせるような一対の目なんだな！」

「そして」とパウルゼンはまた話し始めた。「いまではきみにも、リーザイが誰なのかわかったんじゃないかな」

「パウルゼン夫人ですね！」ぼくは答えた。「ぼくが気づかなかったとでも思うんですか！　彼女はいまでも『いけん』と言いますし、きれいに描かれた眉の下には黒い目があります」

ぼくの友人は笑った。ぼくは心のなかで、また家のなかに戻ったら、パウルゼン夫人にいまでも人形使いのリーザイの姿を見出すことができるかどうか、じっと見てみよう、と思っていた。——「でも」とぼくは尋ねた。「老テンドラー氏はどこへ行ったんです?」

「坊や」と友人は答えた。「誰もが最後には行くところに行ったんだよ。あそこの教会の緑の中庭で、老ハインリヒの隣に眠っている。でも、テンドラー氏の墓にはもう一人、入っているんだよ。わたしの子ども時代の小さな友人だ。そのことも話してあげよう。だが、いまは少しだけ外を歩いてみないか。妻がついさっき、わたしたちの様子を見ようとしたけれど、この話は二度と聞かせたくないのでね」

パウルゼンは立ち上がり、わたしたちはこの町でも家々の庭の背後に沿って続いている散歩道を歩いていった。もう、市門が閉じられる時間だったからだ。

「わかるかい」——パウルゼンはまた話し始めた。「老テンドラーは当時、わたしたちの婚約に満足していた。かつて知り合いだったわたしの両親のことを考え、わたしのことも信用してくれたんだ。それに、あちこちを旅する生活にも疲れてきていた。

そう、極悪のならず者と取り違えられる危険な目に遭ってからは、ちゃんとした故郷がほしいという気持ちが彼のなかで大きくなっていったんだ。善良なおかみさんの方は、婚約にあまり同意しなかった。どんなにひいき目に見ても、遍歴の人形使いの子どもが定住生活をする職人のおかみさんとしてきちんとやっていくのは難しいんじゃないかと疑っていたんだ。——でも、いまではおかみさんもとっくに納得しているよ！

——そんなわけで、わたしは一週間も経たないうちに、山に囲まれた土地からこの北海沿岸の、生まれ育った町に戻ってきたんだ。わたしはハインリヒと一緒にしっかりと仕事に着手した。それと同時に、裏の離れの空いている二部屋をリーザイの父ヨーゼフのために整えたんだ。——二週間後——ちょうど最初の春の花の香りが庭に漂ってきたころだった——鐘を鳴らしながら、一行が道を上ってきたんだ。「親方！親方！」老ハインリヒが叫んだ。「あの人たちが来た！　あの人たちが来た！」そしてもう、二つの背の高い箱を積んだ小さな馬車が、玄関の前に停車した。リーザイがいて、父ヨーゼフがいた。二人とも元気そうな目をして、頰を紅潮させていた。彼らと一緒に、人形たちも引っ越してきた。老年を人形たちと一緒に過ごしたいというのが、父ヨーゼフのはっきりと口にした条件だったからだ。小さな馬車の方は、到着後数日のうちに売り払われた。

それからわたしたちは、結婚式を挙げた。静かな結婚式だった。この町には前から、親友と呼べる人々はいなかったからだ。ただ港湾長と、古い学校友だちが一人、結婚の証人として列席してくれた。リーザイは両親と同じくカトリックだったが、それが結婚の障害になり得るとは、わたしたちは思わなかった。結婚して最初の数年は、彼女はカトリック教会のある隣町まで、イースターの懺悔に通っていた。でもその後は、夫にだけ悩みを打ち明けるようになったよ。

結婚式の朝、父ヨーゼフは二つの袋をテーブルの上に置いた。大きい方には古いハルツドリッテル硬貨が入っており、小さい方の袋はクレムニッツのドゥカーテン金貨で一杯だった。

「きみは持参金なんて求めなかったけれどね、パウル!」と彼は言った。「でも、リーザイを貧しい状態で嫁がせるわけにもいかないよ。受け取ってくれ！　わしにはもう必要ないから」——

それは、わたしの父が以前話していたテンドラー家の貯金だった。そしてその金は、義理の息子が新しく仕事を始めるのにちょうどよいタイミングで与えられた。もちろんリーザイの父は自分の全財産を差し出し、あとは自分を子どもたちの世話に委ねたのだ。しかしながら彼は手持ち無沙汰だったわけではなかった。また彫刻刀を引っ張り出して、工房の仕事をいろいろと手伝ってくれた。

人形や芝居の装置は、離れの屋根裏にある物置部屋に運び込まれた。ただ日曜の午後になると、彼はあっちの人形、こっちの人形と自分の部屋に運び下ろして、針金や関節を点検し、掃除したりあちこち改良したりした。老ハインリヒが短いパイプを吹かしながらその脇に立ち、それぞれの人形の運命を語ってもらっていた。どの人形にも、独自の物語があったのだ。そう、いまになってわかったことだが、かつてカスペルルを見事に彫り上げたことで、若き制作者はリーザイの母の求婚者として認められたのだった。ときおり、いくつかの芝居の場面をより具体的に説明するために、針金を動かすこともあった。リーザイとわたしはしばしば、ブドウの緑の葉に囲まれながら外に向かって心地よく開いている窓辺に立って、それを見守っていた。しかし、部屋のなかにいる老いた子どもたちはあまりにも自分たちの芝居に夢中になっていて、わたしたちが拍手をしたときにようやく、観客がいたことに気づくという具合だった。――一年が過ぎたころ、義父ヨーゼフは別の営みを見つけた。庭の手入れをすることにして、植物を植えたり収穫したりしたのだ。日曜日にはさっぱりした服装をして、縁取り花壇のあいだを行ったり来たりし、バラの茂みをきれいにしたり、ナデシコやアラセイトウを、自分で削った細い支柱に結わえつけたりしていた。

　そうやってわたしたちは仲良く、満足して暮らした。商売もどんどん繁盛していった。わたしたちの結婚について、町の人々は数週間のあいだ、しきりに噂をしていた。しかし、ほとんどすべての人たちが、わたしの行動が理性的でないという点で意見が一致しており、反論によって議論が拡がる余地がなかったので、噂もすぐに終息してしまった。

　また冬が巡ってくると、義父ヨーゼフは日曜ごとにまた物置部屋から人形を降ろしてくるようになった。わたしは、こうして季節ごとに静かに仕事を変えながら過ごす生活が、彼にとってはこれからもずっと続くのだろうと信じて疑わなかった。ところがある朝、わたしが一人で朝食を食べていると、彼がひどくまじめな顔をして居間に入ってきた。「義理の息子よ」困ったように何度か手で白髪の束を撫でてから、彼は言った。「こんなふうに自分がパンを恵んでもらう生活を、これ以上続けることはできないよ」

話の目的が何なのかわからなくて、どうしてそんなことを考えるようになったのかと尋ねてみた。彼は工房の仕事だって手伝ってくれているし、わたしの仕事が前より大きな利益を生むようになったのも、元を糺《ただ》せば彼がわたしたちの結婚式の朝にくれた財産の、利子のようなものなのだ。

義父は首を横に振った。そんなのは全然足りないよ。だが、あの小さな財産の一部も、かつてこの町で稼いだものだ。劇場の建物はまだそこにあるし、自分はすべての芝居をまだ覚えている。

そこでわたしにも、かつての人形使いの魂が彼をじっとさせないのだとわかった。善良な友人のハインリヒだけでは観客として不充分であり、もう一度、公の場に集まった人々の前で芝居を演じずにはいられないのだ。

何とか説得して諦めさせようとしたが、彼はくりかえしその話題を口にした。リーザイとも話し合ったが、結局は彼に譲歩するしかなかった。老人はもちろん、リーザイが結婚前のように芝居のなかで女性の役を演じてくれたら大喜びしたことだろう。だが、わたしたちは彼のそんな暗示に対しては知らない振りをすることに決めていた。

立派な市民であり職人の親方の妻にとっては、そうしたことはふさわしくなかったからだ。

幸いなことに――あるいは、不幸なことに、とも言えるが――当時この町には、かつて劇団のプロンプターとして働いていた評判のいい女性がいて、芝居に関する事柄に心得がないわけではなかった。この人――足が不自由だったために足なえのリースヒェンと人々に呼ばれていた女性――は、すぐにわたしたちの提案に乗ってきて、まもなく仕事のあとの空き時間や日曜日の午後などに、非常に賑やかな活動が義父ヨーゼフの部屋で繰り広げられるようになった。一方の窓の前では老ハインリヒが芝居の足場をこしらえていて、もう一つの窓の前では天井から吊り下ろし、色を塗ったばかりの書き割りのあいだに老人形使いが立って、足なえのリースヒェンとともに、次々と場面の練習をしていた。彼女はとても頭の回転が速い、とそんな練習のあとで義父は請け合うのだった。義父の意見では、リーザイでさえ、こんなに飲み込みがよくはなかった。ただ、歌はからきしダメだ、低音でうーうーうなってしまう。歌が得意な美しきスザンナの役には、これじゃ合わない、とのことだった。

ついに、公演の日が決まった。すべてをできるかぎり立派にしたいというのが義父の考えだった。射撃協会ではなく、ミヒャエリス高校の生徒たちも演説の練習をする市庁舎の大広間を劇場として使うことになった。土曜日の午後、市民たちが新しく届いたばかりの週刊新聞を開くと、太字の広告が目に飛び込んできた。

「明日、日曜日の夜七時に市庁舎の大広間で、機械職人ヨーゼフ・テンドラー自身による操り人形芝居を上演します。出し物は『美しきスザンナ』、歌謡付きの四幕芝居です」

しかし、当時の町には、わたしが子どもだったころのような、無害な野次馬少年たちはもはやいなかった。その間に、「コサックの冬」[3]があり、職人見習いたちのあいだにはたちの悪い無規律が拡がっていた。かつては芝居を愛好していた町の名士たちも、いまでは他の事柄に関心が移っていた。でも、腹黒いシュミットと彼の息子たちがいなければ、公演はあるいはうまくいっていたかもしれない」——

ぼくはパウルゼンさんに、それは誰のことかと尋ねた。町でそんな名前を聞いたこ

3 一八一三年から一四年にかけて、北欧やロシアの軍隊がシュレスヴィヒ＝ホルシュタインに駐留した。

とはなかったからだ。

「そうだろうよ」と彼は答えた。「腹黒いシュミットは、もう何年も前に救貧院で死んだんだ。だが当時、彼はわたしと同じく親方だった。不器用な奴じゃなかったよ。だが、生活も仕事ぶりもだらしない人間だった。一日のささやかな稼ぎは、夜の酒やカード遊びにつぎ込まれた。彼はわたしの父に対してすでに憎しみを抱いていた。父の方がずっとたくさんの顧客を持っていたというだけではなく、若いころ、うちで追加の見習いをしていたときに、父に対して悪いいたずらをしたので、親方からクビにされたんだ。夏以来、彼はこの敵意をさらに募らせてわたしに向ける理由を見つけていた。当時新しく設立された木綿の織物工場で、彼が熱心に頼んだにもかかわらず、機械に関する仕事はすべてわたしが受け持つことになったんだ。そのせいで彼と、彼のもとで働いていて粗暴な行動においては父親を上回るほどだった二人の息子たちは、自分たちの不快感をわたしに対するあらゆる嫌がらせによって表明する機会を逃さなかった。わたしは公演の際、そんな彼らのことをすっかり忘れていたのだ。

そうして、公演の日の夜が近づいてきた。わたしはまだ帳簿を整理しなければならなかったので、事件については義父と一緒に市庁舎の大広間に行った妻やハインリヒから、あとになって聞いたのだった。

一等席にはほとんど人はおらず、二等席も大した数は埋まっていなかった。しかし上の桟敷席には人がびっしりと並んでいた。この観客の前で芝居をやり始め、最初は何もかもうまくいっていた。老リースヒェンも自分の役を、しっかりとよどみなくこなしていた。――ところがそれから、あの不幸な歌の場面になったのだ！　リースヒェンは自分の声を練習のときより柔らかく響かせようとしたが、無駄だった。義父ヨーゼフが前に言ったとおり、ほんとうに低音でうなっているだけだった。突然桟敷席から野次が飛んできた。「もちっと高い声だ、足なえリースヒェン！　もちっと高い声！」この叫び声に従順に従いながら、届かない高音部まで上り詰めようと彼女が努力していると、猛烈な笑い声が大広間に反響した。

舞台上の芝居は停滞してしまった。書き割りのあいだから、老人形使いの震える声が叫んだ。「お客様、どうかお静かにお願いいたします！」彼がちょうど針金を手にしていて、美しきスザンナと場面を演じるはずだったカスペルルは、技巧的な鼻を痙攣のようにぴくぴくさせた。

観客は新たな笑い声でそれに答えた。「カスペルルに歌わせろ！」――「ロシアの歌だ！　美しいミンカ、俺は行かなくちゃってやつをな！」――「カスペルルばんざい！」――「いや違う、カスペルルの娘に歌わせろ！」――「なんだと、口を拭え！彼女は親方のおかみさんになったから、もう歌なんて歌わないんだ！」

そんなふうに、しばらく混乱が続いた。突然誰かが大きな舗石を、狙い定めて舞台に投げ込んだ。舗石はカスペルルの針金にぶつかり、人形はマイスターの手を離れて床に落ちた。

義父ヨーゼフはもはや我慢できなかった。リーザイの頼みも聞かず、彼はすぐ舞台に姿を現した。――割れんばかりの拍手、笑い声、足踏みが彼を迎えた。霞幕の上に頭を突き出し、激しく両手を動かしながら正当な怒りを表そうとしている老人の姿は、ずいぶん珍しい見せ物だったのだろう。――大騒ぎのなか、いきなり幕が下りた。老ハインリヒが幕を下げたのだ。

――その間、家で帳簿をつけていたわたしは、ある種の不安に襲われた。自分が災いを予感したというつもりはない。しかしそれでも、家族のところに駆けつけずにはいられなかった。ちょうど市庁舎の大広間への階段を上がろうとしたとき、大勢の人々がこちらに向かって下りてきた。誰もが叫んだり笑ったりして大混乱だった。

「やっほう！　カスペルルがおっ死んだ！　ロットがおっ死んだ！　喜劇はおしまいだ！」――目を上げると、シュミットの子どもたちの意地の悪い顔が頭上に見えた。彼らは一瞬押し黙り、わたしの横を駆け抜けて、扉から出ていった。しかしわたしはいまや、どこにこの乱暴狼藉の原因があるのか、はっきりと認識していた。

階上に着くと、大広間はほとんどもぬけの殻だった。舞台の裏で年老いた義父がくずおれるように椅子に座り、両手で顔を覆っていた。彼の前に跪いていたリーザイが、わたしの姿を見てゆっくりと立ち上がった。「さあ、パウル」彼女はわたしを悲しそうに見つめながら尋ねた。「あんたにはまだ勇気がある？」

彼女はわたしの目を見て、まだ勇気を失っていないことを読み取ったに違いない。わたしが答える前に、もう首に飛びついてきた。「ずっと一緒にいて、パウル！」リーザイは小さな声で言った。

――わかるかね！　夫婦の力で、それからまじめに仕事をすることで、わたしたちは乗り越えてきたんだよ。

――翌朝目を覚ますと、例の「人形使いのポーレ」という悪口が――悪口のつもりだったろうからね――玄関の扉にチョークで書かれていた。でもわたしは落ち着いてその言葉を消したよ。そして後にまだ何度かその言葉が公共の場所に書かれたとき、わたしは奥の手を使ってそれに対抗した。わたしが冗談でやっているのではないとわかって、それからはみんな静かになったんだ。先日、きみの前でその言葉を言った人間も、悪意はなかったんだろう。その人の名前を知ろうとも思わないよ。

しかし、義父ヨーゼフはあの晩から、すっかり変わってしまった。わたしはあの乱暴狼藉の不純な原因を示し、あれは彼ではなく、むしろわたしに向けられた悪意だったのだと説明したが、彼には効果はなかった。わたしたちが知らないうちに、彼はすべての操り人形を公の場で行われるオークションに出してしまった。その場にいた子どもたちやガラクタ好きの女たちが大喜びして、僅かな金で競り落としていったそうだ。彼はもう二度と、人形たちを目にしたくなかったのだ。――しかし、そのために選んだオークションという手段は、あまりいいものではなかった。というのも、春の太陽がまた路地を照らすようになったころ、売られた人形たちが次々と暗い家のなかから昼の光のもとに姿を現したからだ。ここでは女の子が聖なるゲノフェーファと一緒に玄関の敷居に座っている。あちらでは男の子がファウスト博士を黒猫に騎乗させている。射撃協会の近くの庭には、ある日宮中伯ジークフリートが地獄のスズメたちと一緒に、かかしとして桜の木にぶら下げられた。愛する人形たちがそんなふうに使われるのは義父にとって胸が痛むことで、彼はしまいにはうちの家と庭からほとんど出なくなってしまった。あまりにも性急に人形を売り払ったことで彼の心が苦しんでいるのが、はっきりと見てとれた。わたしは人形を一つか二つ買い戻すことに成功した。しかし、それらの人形を持っていっても、彼は喜ばなかった。いずれにせよ、すべてが台無しになってしまったのだ。さらに奇妙なことには、どんなに苦労して探しても、一番価値のある人形、技巧を凝らしたあのカスペルルがどこに行ってしまったのか、わたしには見つけられなかった。カスペルルがいなければ、人形の世界にも意味はないのだ！

しかし、まもなく別の、もっと真剣な芝居の幕が上がった。昔からの肺の病が再発して、義父の命はどうやら終わりに近づいているようだった。どんな小さな心遣いにも深く感謝しながら、彼は辛抱強くベッドに横たわっていた。「うん、うん」と彼はほほえみながら言い、明るく天井板を見上げていた。まるでそこを通して、すでに永遠のかなたを見ているかのように。「これでいいんだ。人間とはいつもうまくいくわけじゃなかった。天使たちとはもっとうまく付き合えるだろう。それに――何はともあれ、リーザイ、そこに行けば母さんがいるからな」

――善良で無邪気な人は亡くなった。リーザイとわたしは、彼がいなくなってとても寂しかった。老ハインリヒも寂しがり、その後の日曜日の午後にはどこに行っていいのかわからず、もう見つからない人のところに行きたがっているかのようにうろうろしていた。そんな彼も、数年後にはこの世を去った。

義父の棺を、彼が手入れしてくれた庭のあらゆる花で飾った。花輪で重みを増した棺は教会の庭へと運ばれたが、そこでは外壁から程遠からぬところに墓が準備されていた。棺を墓穴に降ろしたとき、老教区長が穴の縁に歩み寄り、慰めと約束の言葉を語った。彼は、亡くなったわたしの両親にとっては常に誠実な友人であり、相談相手だった。わたしは彼から堅信礼[4]を受けたし、リーザイとの結婚式も挙げてもらった。教会の庭の周りは人だかりで黒くなっていた。人々は老人形使いの埋葬から、まだ何か特別な芝居を期待しているかのようだった。――そして、ほんとうに特別なことが起こった。しかしそれは、墓穴に一番近いところにいたわたしたちだけが気づいたことだ。老牧師が慣わしに従って準備してあった鋤を取り、最初の土を棺の上に投げかけたとき、わたしと腕を組んで歩み出たリーザイが、激しく震えながらわたしの手をつかんだ。鈍い音が墓穴から反響してきた。「汝は土から生まれた！」いま、牧師の言葉が響いた。しかし、その言葉が聞こえるか聞こえないうちに、何かが外壁から人々の頭を越えてこちらに飛んでくるのをわたしは見た。最初は大きな鳥かと思ったが、それは高度を下げ、ちょうど墓穴のなかに落ちた。ちらりとあたりを見回すと――というのもわたしは掘り出された土の上の、ちょっと高いところに立っていたのだが――シュミットの息子の一人が教会の壁の向こうに屈み、それから走り去るのが見えた。わたしは突然、何が起こったのか理解した。リーザイはわたしの脇で叫び声をあげた。老教区長はためらいながら、二度目に土をかけるために鋤を両手に持った。墓のなかを覗き込むと、わたしの予感は当たっていた。棺の上、部分的にはもう棺を覆っている土と花のあいだに、彼は座っていた。子ども時代の古い友人カスペル、小さくて愉快な何でも屋。――しかしいまは、少しも愉快そうに見えなかった。くちばしのように大きな鼻を、悲しそうに胸の上に垂らしている。巧みに作られた親指を持つ腕は、空に向かって伸びていた。それはまるで、あらゆる人形芝居が演じら

4 思春期になった子どもが正式に信仰を告白して教会員となる儀式。

れたあと、いまや天国で別の芝居が始まるのだと告げているかのようだった。

わたしはそうしたことすべてを、ほんの一瞬目にしただけだった。なぜなら教区長がすでに、二度目の土塊を墓穴に投げ込んでいたからだ。「汝はまた土に返る！」――そして、土が棺から下に転げ落ちるように、カスペルルも花のある場所から深みに落ちていき、土で覆われてしまった。

最後の土を投げ込みながら、心を慰める約束の言葉が響いた。「そして、汝は土より甦る！」

「主の祈り」が唱えられ、人々が立ち去ったあと、いまだに墓穴を見つめているわたしたちのそばに老教区長が歩み寄った。「彼らは嫌がらせをしたつもりかもしれませんが」と、教区長は愛情を込めてわたしたちの手を握りながら言った。「わたしたちは違う見方をしましょう！　亡くなられた方は若いころに小さな人形を彫り、それが彼に結婚の幸福をもたらした、とあなたたちは話してくれましたよね。その後の生涯のあいだ、彼はその人形によって、仕事が終わった宵に多くの人の心を明るくしたのです。神や人の心に適《かな》う真実の言葉を、小さな愚か者の口に語らせました。――わたし自身も一度、芝居を拝見しましたよ。あなたたち二人がまだ子どもだったころにね。――あの小さな人形には、マイスターのあとについていかせましょう。聖書の言葉ともうまく合致します！　慰めを受けなさい、よき人々は労苦から解放されて休むことができるから」[5]

――そういうことなんだ。静かに穏やかに、わたしたちは家に戻っていった。でも技巧を凝らしたカスペルルには、善良な義父ヨーゼフ同様、二度と会えなかったんだよ。

こういったことはすべて」と、しばらく経ってからわたしの友人は付け加えた。「たくさんの苦痛をもたらした。でも、わたしたち若い二人がそれで死んだりすることはなかったよ。それからまもなく、息子のヨーゼフが生まれた。わたしたちは、人間の全き幸福に属するものをすべて持つことになった。しかし、あのできごとについてはいまでも年ごとに、腹黒いシュミットの長男を通して思い出させられている。彼は永遠にあちこちを遍歴する徒弟の一人になったんだ。落ちぶれ、身を持ち崩し、人々の施しで何とかぎりぎりの生活を続けている。組合の習慣では、親方たちが彼ら

5　聖書のなかの「ヨハネの黙示録」十四章十三節にこれと類似した言葉がある。

に施しを与えることになっているんだけれどね。わたしの家には、彼はけっして立ち寄ろうとしない」

友人は口をつぐみ、前方の、教会の庭の木々の背後にある夕日を眺めた。でもぼくはしばらく前から、また近づきつつある庭の門扉越しに、パウルゼン夫人の親切な顔がこちらを見やっているのに気づいていた。「考えもせんかった！」ぼくたちが近寄ると、彼女は大声で言った。「あんたたち、何をまた長々と相談してるの？　さあ、家に入って！　神さまの恵みがテーブルにのってるよ。港湾監督さんも来てみえる。ヨーゼフと、あのときの年取ったおかみさんからの手紙も届いたよ！――なぜそんなにじろじろ見るの、坊や？」

パウルゼン親方はほほえんだ。「打ち明け話をしたんだよ、母さん。きみがまだあの小さな人形使いのリーザイかどうか、見ようとしているんだよ！」

「あら、もちろんさ！」彼女は答えた。愛情たっぷりのまなざしが夫の方に向けられた。「ちゃあんとご覧よ、坊や！　あんたに見つけられないとしても――ここにいるこの人には、はっきりわかってるよ！」

親方は黙って腕を彼女の体に回した。それからぼくたちは家に入り、彼らの結婚記念日の祝いの席に着いた。

パウルゼンと人形使いのリーザイは、すばらしい人たちだった。

解説

松永美穂

青春文学として日本でも親しまれてきたテーオドール・シュトルムの「みずうみ」（原題はImmensee）。一八四九年に執筆され、雑誌での発表後に加筆修正されて単行本に収められたこの作品は、これまでに十回以上、日本語に翻訳されてきた。日本シュトルム協会編『シュトルム文学研究』巻末の「日本におけるテーオドル・シュトルム」によれば、一九〇五年（明治三八年）に三浦白水の翻訳で「夢の湖」と題して出版されたのが本邦初訳だった。ただしこのときは全訳ではなく、その後、三浦吉兵衛の名で大正時代に全訳が出たらしい。ちなみに「白水」は雅号で「吉兵衛」は本名、つまりは同じ人物である。三浦吉兵衛は一八七七年宮城県出身で、東京帝国大学独逸文学科卒業後、各地の高等学校で教壇に立ち、最後は一高の教授を務めた。

興味深いことに俳人の山口青邨（本名は吉郎）も、一九二〇年ごろにImmenseeを訳している。タイトルは「蜜蜂の湖」。Immenというのは方言でBienen、すなわち蜜蜂を指す言葉なのでそれを活かす形になっている。「みずうみ」というタイトルが定着したのは一九五〇年の磯部秀見による翻訳以降だ。

もともと架空の湖が舞台である。シュトルムは北ドイツのシュレスヴィヒ＝ホルシュタイン地方の出身で、その地域の風景のなかにこの湖が設定されている、といわれている。作品を書いたときのシュトルムはまだ三十二歳。コンスタンツェと結婚し、長男ハンスが生まれ、家庭的には落ち着いたころだ。職業は父と同じく弁護士。後にデンマーク政府によって弁護士資格を剝奪され、プロイセンへの「亡命」を余儀なくされる。プロイセンで十年以上判事を務めた後、デンマークがシュレスヴィヒ＝ホルシュタインの領有権を失うと、故郷に戻り知事（Landvogt、代官とも訳す）となるが、普墺戦争の結果、ふたたび判事となった。帝国主義時代、ヨーロッパ各国が領土拡張を目指して小競り合いを続けるなかで、戦争の勝敗に翻弄され続けた。郷土への愛着が強く、デンマークに支配されることも、プロイセンに吸収されることも望んでいなかった。不遇をかこった時期もあるが、フーズムという北海沿岸の小都市で、名士の家に生まれたシュトルムは、最終的には自らも郷土での人望を得て、知名度の高い作家として生涯を終えている。約六十の作品を遺し、二度の結婚で八人の子どもにも恵まれ、実りの多い人生だったといえるだろう（ただし、長男をはじめ何人かの子どもには先立たれてしまうが……）。

シュトルムは幼いころから詩を書く少年だったらしい。妹が亡くなったのをきっかけに、わずか六歳で詩を書いたというエピソードもある。リューベックのギムナジウムに通ったが、そのギムナジウムには数十年後にトーマス・マンも通うことになる。大学ではモムゼン兄弟と出会い、一緒に詩集を出した。兄弟の一人テーオドール・モムゼンは、後に高名な歴史家となって浩瀚《こうかん》なローマ史を出版し、一九〇二年にはノーベル文学賞を受賞している。

「みずうみ」は、一人の老人が過去を振り返る形式で書かれている。といっても一人称の語りではなく、冒頭と最後の部分に老人が登場し、エリーザベトをめぐる思い出に耽る形で、若き日のできごとが三人称で語られる。近所に住み、いつも一緒に遊んでいた幼なじみのラインハルトとエリーザベト。幼いころには将来結婚するのが当然と考えていた二人だが、成長したラインハルトが他の町で教育を受けることになり、しばらく離れているあいだにエリーザベトはラインハルトの友人でもあるエーリヒと結婚してしまう。そのことを母の手紙で知ったときのラインハルトの気持ちは記されていない。彼が決定的な喪失感に襲われるのは、エーリヒに招かれて湖畔の農場を訪れたときだ。人妻となったエリーザベトが、どんなに焦がれても手の届かぬ存在であることを実感する。ラインハルトは傷心を抱えながら、ちゃんと挨拶もせずに農場を発《た》っていく。そしてエリーザベトだけは、それが永遠の別れであることを悟っていた……。

若いときに意図せずして人間関係を損なってしまうのは、よくあることだ。ついつい目先のことに夢中になって、連絡を疎かにしてしまう。人の気持ちの移ろいやすさに気づかない。いや、エリーザベトの場合は気持ちが移ろったというより、エーリヒという資産家で熱心な求婚者が現れ、エリーザベトの母親の眼鏡に適ったという事情が大きい。二年間も手紙を寄越さない幼なじみより、目の前にいる求婚者の存在が大きくなってしまった。十九世紀半ばの市民家庭では、親の意向に沿って結婚するのは当たり前のことだった。父親のいない（おそらく死別している）エリーザベトは、母の老後のことも考えなくてはいけない。母も一緒に引き取ってくれるというエーリヒの申し出は、願ってもない好条件だった。

ラインハルトはなぜ、そんなに長いあいだ連絡をしなかったのだろう？　青年特有の高慢か？　新しい生活のなかでさまざまなことを体験し、刺激も多く、故郷のことに気が回らなかったのか？　それとも、まだまだ時間的猶予があると、高をくくっていたのだろうか？　失ったものの大きさに気づいていたら、エーリヒの招待を受けなかったのではないか、とも思う。大学生だったラインハルトには、「結婚」の二文字は現実味のないものだった。そして、うかうかしていて大切な人を奪われてしまったあとは、「結婚」という選択肢は彼の人生から消えてしまったのではないだろうか。老年に至ったラインハルトは自分の思いをまったく語らないが、最後にふたたび本に向かう彼の様子からは、研究が彼のすべてであったこと、家庭は持たなかったこと、そのような自分の人生を彼が結局は受け入れていることがうかがえるように思われる。

若い人が読むともどかしく思うかもしれない。事実、わたしも高校生のころ読んで、「どうしてこうなるの？」と、疑問ばかりが残った。しかし、それから数十年を経たいま、翻訳しながら何度も切ない気持ちに襲われたのは、自分自身が人生を振り返る年齢に達しているからかもしれない。「みずうみ」の主人公二人は、幼なじみのプラトニックラブで、お互いに思い合っているのに決定的な行動に移すことはなく、相手を失ってしまう。親に逆らえない娘の哀しさ。ラインハルトの不器用さ。この小説には章と章のあいだに大きな時間的飛躍があり、その間に説明されていない部分も多い。しかし、そうした空白部分がかえって読者の想像力をかき立てるのではないだろうか。すべてを説明し尽くしたりしないからこそ、読後に余韻が残る。そうした意味では、どこか詩のように感じられる部分もある。

ラインハルトにシュトルムの自画像が見てとれる、という指摘も多い。たとえばラインハルトが民謡を収集しているところ。そもそも当時は、民話や民謡の収集が盛んだった。グリム兄弟がメルヒェンを聞き書きし、彼らと親交のあったアヒム・フォン・アルニムがクレメンス・ブレンターノとともに『少年の魔法の角笛』を出版したのは、どちらも十九世紀初頭のことだ。ラインハルトがエーリヒの農場を訪問した際、エリーザベトと一緒に歌う民謡は実在のもので、シュトルムのコレクションのなかに収められている、という指摘もある。

またラインハルトが「失恋」するくだりには、シュトルムが独身時代の、ベルタ・フォン・ブーハンへの失恋体験が反映されているという解釈もある。さらに、二度目の妻となるドロテーア・イェンゼンとは、最初の結婚後に親しくなり（当時彼女は十八歳で、シュトルムの妹の友人として旧知の仲であり、よくシュトルム宅に遊びに来ていたそうだ)、しばらくのあいだ彼女への恋愛感情に苦しんだ(詳しいことはわかっておらず、当時書かれた詩やわずかな証言から推測するしかないらしいが、妻コンスタンツェも認める三角関係だったらしい)、と伝えられているが、そのドロテーアへの思いをなんとか押しとどめて家庭を優先させた経験も、この小説に影響を与えているのではないだろうか。

この静かで叙情的な小説が日本で根強い人気を得たのは、なぜなのだろうか? ラブシーンがあるわけでもなく、すれ違っていく男女の姿が言葉少なに描かれているだけだ。しかし、池の表面にぽつんと咲いている睡蓮の花や、白い服を着たエリーザベトの姿や、小舟に乗る二人の様子など、象徴的で絵になる場面がちりばめられている。森でイチゴを探すところや、離れた町でラインハルトがクリスマスの贈りものを受け取るところも記憶に残る。さらに、老人になったラインハルトが過去を振り返る、という枠構造によって、ラインハルトのその後がうかがえる設定になっている。こうした繊細で抑制的な描写は、シュトルムの他の作品にも共通している。

そしてこの小説には、切ない会話がちりばめられている。「あの青い山脈の向こうにぼくたちの青春があるんだね。青春はどこに行ってしまったんだろう?」という、エリーザベトに向かってラインハルトが言う台詞は心に響く。再会後、人妻であるエリーザベトとの遠足のさなかに「イチゴを探そうか？」と言ってみたり、ノートに挟んであるエリカの話をしたりして、ラインハルトはそれがいまでも二人の共通の思い出であることを確認している。いやむしろ、ラインハルトは農場へのこの訪問によって強烈に過去を甦らせ、かつてのエリーザベトの愛情が確かに自分に向けられていたこと、その残り火がいまでも心のなかにあって彼女を苦しめていること、エーリヒとの結婚生活が彼女を完全には幸せにしていないことを知ってしまう……。知りつつ、彼には何もできない。エリーザベトはきちんと育てられた、秩序を重んじる人間であり、結婚は彼女にとって神聖な、犯すべからざるものであるから。エリーザベトが夫を捨ててラインハルトの許に出奔することはあり得ない。そうしたことがよくわかるから、「みずうみ」は胸を締めつけるような悲しい、と同時に抑制のきいた美しい物語となっているのだ。

「三色すみれ」にも簡単に触れておこう。これもきちんとした市民の家庭の、再婚した夫婦の話である。シュトルム自身が再婚したあとに書いた小説で、そう思いながら読むと、継母となった若い妻と前妻の娘が互いに葛藤を抱えてなかなか歩み寄れず、しかしやがて心を通わせていく過程にリアルさが感じられる。作品のなかでは新しく子どもが生まれることにより家族が強く結びつくが、シュトルムの二番目の妻ドロテーアも娘を一人産んでいる。

「三色すみれ」というタイトルは、ドイツ語の「継母」(Stiefmutter)という単語が「三色すみれ」という花の名前にもなっていることから来ている。シュトルムはひねりを入れてViola Tricolorという、「三色すみれ」だけを指す言葉を使っているが、それが継母を暗示していることは、ドイツ人ならすぐぴんとくるだろう。

若くて美しいけれど人生経験がなく、嫁ぎ先に自分の居場所がないように感じているイネスは、繊細でいささか神経過敏な女性である。ブルジョア家庭の妻として家庭を切り盛りする役割を果たすのが精一杯で、社交を楽しむ余裕はない。しかも、夫の心にはまだ前妻への愛が強く残っているのではないかと勘ぐってもいる。前妻の存在感が強すぎる家で、若妻は「一家に二人の主婦がいる余地はない」と感じてしまうが、夫の立場からすれば、死んだ妻への愛慕の思いまで奪われたくはないだろう。まして娘のネージーが亡き母を慕うのは当然のことだ。このあたりの三者の心理がドラマチックに（とはいえあくまで家庭内に抑えられた形で）細やかに描かれている。思い込みの強い若妻に手こずる夫の姿には、説得力がある。一方、イネスの態度はやや大げさでナイーブすぎるかもしれない。

それにしても、女性にとって子どもを産むのが命がけだったことがよくわかる。シュトルムの最初の妻コンスタンツェも産褥《さんじょく》の床で、四十歳で亡くなった。それまでに七人の子を産み、遠距離の引っ越しも何度も体験している。彼女にとっては相次ぐ妊娠も身体的な負担になっていたことだろう。

この小説では、封印される庭のモチーフが重要な役割を果たしている。庭が回復するとき、家族も回復するのだ。しかも、「みずうみ」と同じくここでも隣人同士の恋、若い男が隣家の娘を見初めるパターンが見られる。その舞台も庭だ（「みずうみ」でも、ラインハルトとエリーザベトはまず庭で一緒に遊んでいた）。年齢差にも注目せざるを得ない。「みずうみ」では男女の年齢差は約五歳。「三色すみれ」では、次のような記述がある。「本から目を上げて窓越しに眺めたとき、彼はまずそこに十五歳にもならない少女を見出したものだった。ブロンドのお下げの子どもがまじめな青年の心を奪い、ますます引きつけて、ついには妻として彼の家の敷居を越えた。」

隣家の「十五歳にもならない少女」に恋をし、ついには妻として家に迎えた夫は、再婚相手にはもっと若い女性を選ぶ。シュトルムの恋の相手は常にかなり年下だったらしいが、そうしたパターンや、夫が妻を教え導く役割を担っているところに、十九世紀にもまだ残っていた父権社会の要素が色濃く出ているように思う。

「人形使いのポーレ」は、「三色すみれ」と並ぶ後期の作品である。ここでは職人の世界、それも旅芸人の一家がクローズアップされている。あるとき北ドイツの町に、南ドイツのアクセントで話す三人家族が馬車に乗ってやってくる。主人公の家の前の宿に泊まることになったその家族は旅芸人の一座。年の近い娘との交流が始まり、娯楽の少ない町で主人公はこの家族が演じる人形芝居に魅了される。主人公にとってはひとときの楽しい思い出となるが、ある日、楽屋に忍び込んで人形を傷つけてしまったことから、事件が起こる。事件解決後、一家は別の町へと旅立っていき、長い月日が流れた後、思いがけない再会の機会が訪れる……。運命的なこの再会はいささか偶然の要素が過ぎるかもしれないが、心を通わせ合う子どもたちの姿、そして再会し結婚してからの二人の信頼関係が、美しく温かいまなざしで描かれている。貧しくても堅実で、自分の技術に誇りを持っている職人に対する、シュトルムの尊敬の気持ちも伝わってくる。切なさの残る「みずうみ」に比べ、「人形使いのポーレ」は作中の数々の事件にもかかわらず、光に満ちた人生賛歌になっている。

こうした家族の心理を描く短編小説にシュトルムの真骨頂があるといえるが、シュトルムはほかにも、父子の葛藤をテーマにした「ハンス・キルヒとハインツ・キルヒ」や、伝説に基づいた「白馬の騎手」などの名作を遺している。子どものころ、パン屋の娘のレーナから聞かせてもらった民話の数々が、作品として実を結んだものもある。日本では「みずうみ」が突出して有名だが、日本シュトルム協会による『シュトルム名作集』が三元社から出版されているので、拙訳をきっかけにシュトルムの他の作品にも触れて下さる方々が増えれば、嬉しい限りである。

最後に個人的な思い出を一つ。もう二十年以上前に、北ドイツについての紀行文を出版したことがある（『ドイツ北方紀行』、NTT出版）。その本のなかではフーズムにも一章を割いた。北海沿岸のいろいろな場所を車や電車で訪問したが、フーズムにも何度か出かけ、マルクト広場にあるシュトルムの生家を写真に撮り、記念館ももちろん訪れた。シュトルムはフーズムを「海辺の灰色の町」と表現しているが、わたしが行ったときはいつも天気がよく、明るく落ち着いた町、という印象を受けた。北海の遠浅の海岸が、干潮になると遠くまで歩けるようになっているのがおもしろかった。残念ながら参加しなかったが、沖合の島まで歩くツアーもあり、馬車に乗っていくこともできる。一人で干潟を歩き回ることも可能だが、予測のつかない速さで潮が戻ってくることがあり、逃げ遅れて溺死する可能性があるからガイドと一緒に行動すべきだ、といわれていた。

北海沿岸の地域は、風が強く、人口密度は疎らで、たとえば南ドイツのような華やかさはないかもしれないが、堅実で誇り高い人々が暮らしていると感じた。デンマークとの近さも忘れられない。北海の眺め、潮の匂い、風に吹かれて流れる雲、魚料理の匂い……。そうした記憶が、いまでも甦ってくる。フーズムの町にはいまでもシュトルム・ホテル、シュトルム・カフェ、シュトルム・ハウスなど、シュトルムを記念するものがたくさんある。郷土の誇りとして、いまもシュトルムの作品が読み継がれ、生き続けている。

〈参考文献〉

加藤丈雄『シュトルム・回想と空間の詩学』鳥影社、二〇〇六年
日本シュトルム協会（編）『シュトルム文学研究』東洋出版、一九九三年
日本シュトルム協会（編）『シュトルム文学新論集』鳥影社、二〇〇三年
日本シュトルム協会（編訳）『シュトルム名作集・第一巻』三元社、二〇〇九年
日本シュトルム協会（編訳）『シュトルム名作集・第二巻』三元社、二〇〇九年

テーオドール・シュトルム年譜

一八一七年九月一四日
北海に面した北ドイツにあるシュレスヴィヒ公国の小都市フーズム（当時はデンマーク領）で、父ヨハン・カジミール・シュトルムと母ルーツィエ・シュトルムの第一子として生まれる。父は弁護士、母は豪商の娘だった。きょうだいが多く、テーオドールは祖母に可愛がられて育った。

一八二六年　九歳
フーズムの九年制ギムナジウムに入学。

一八三五年　一八歳
リューベックの九年制ギムナジウムの最上級に転校。

一八三七年　二〇歳
キール大学で法律を学び始める。後にベルリン大学でも学ぶ。

一八四二年　二五歳
修了試験を終える。ベルタ・フォン・ブーハンに求婚し、断られる。

一八四三年　二六歳
フーズムに戻る。最初は父の事務所で働くが、やがて自らの弁護士事務所を開設。この年、八歳年下で後に妻となる従妹のコンスタンツェ・エスマルヒと知り合う。コンスタンツェはゼーゲベルク市長の娘だった。同年、友人のテーオドール・モムゼン、ティヒョー・モムゼンとの共著で詩集を出版。

一八四四年　二七歳
コンスタンツェと婚約。

一八四六年　二九歳
コンスタンツェと結婚。

一八四七年　三〇歳
ドロテーア・イェンゼンとの恋愛問題に悩む。最初の作品「マルテと彼女の時計」発表。

一八四八年　三一歳
長男ハンスが生まれる。

一八四九年　三二歳
『小さなヘーヴェルマン』、『みずうみ』執筆。

一八五一年　三四歳
次男エルンストが生まれる。

一八五二年　三五歳
第一次シュレスヴィヒ＝ホルシュタイン戦争を終結させるロンドン議定書が結ばれ、シュレスヴィヒとホルシュタインの両公国がデンマークの支配下にあることが確認される。反デンマーク運動に参加していたシュトルムは弁護士の職を剝奪される。

一八五三年　三六歳
「みずうみ」出版。三男カールが生まれる。知人の紹介でプロイセン王国のポツダムに転居し、地方裁判所で陪席判事の仕事を始める。
一八五五年　三八歳
長女リスベトが生まれる。
一八五六年　三九歳
地方裁判所判事に任命され、ハイリゲンシュタットに転居。この時期、多忙にもかかわらず積極的に短編や詩の執筆も行った。
一八六〇年　四三歳
次女ルーツィエが生まれる。
一八六三年　四六歳
三女エルザベが生まれる。
一八六四年　四七歳
第二次シュレスヴィヒ＝ホルシュタイン戦争でプロイセンとオーストリアが勝利。三月にフーズムに戻り、知事としての仕事を始める。
一八六五年　四八歳
四女ゲルトルートが生まれる。出産後、五月にコンスタンツェが死去。
一八六六年　四九歳
ドロテーア・イェンゼンと再婚。シュレスヴィヒとホルシュタイン両公国の統治を巡る普墺戦争。
一八六七年　五〇歳
普墺戦争の結果、プロイセンが勝利し、知事から区裁判所判事に転任。
一八六八年　五一歳
五女のフリーデリケが生まれる。
一八七〇年　五三歳
普仏戦争。
一八七一年　五四歳

プロイセンが普仏戦争で勝利し、ドイツ帝国が成立。

一八七四年　五七歳
「人形使いのポーレ」、「三色すみれ」執筆。

一八八〇年　六三歳
仕事を辞めて年金生活に入る。ハーデマルシェンに転居。

一八八八年　七〇歳
最後の傑作「白馬の騎手」が四月に出版される。七月四日、ハーデマルシェンで胃がんのため死去。

訳者あとがき

ここに収めた作品を訳し始めてから、長い時間が過ぎてしまった。最初は「ですます体」で訳していたのを「である体」に直したり、ドイツ滞在中に解説を書いたり。翻訳作業とともに流れた時間には、いろいろと思い出もある。ゲラを読み直すたびに、シュトルムの小説のいいところが見えてきて、訳し始めのころよりもっと、作品に共感できるようになった。不器用で筆無精だったために大切な恋人を失った若者ラインハルト。婚家でのポジションを気にするあまりイライラしてしまう若妻イネス。子ども時代に友情と愛情で結ばれたパウルとリーザイの劇的な再会、そして新しい絆。十九世紀のドイツが舞台になっており、社会のシステムはいまではかなり変わっているけれど、ここに描かれた人間模様は現代でも見出せるものだ。人々の気持ち、そして作品のなかでの時間の経過の仕方がおもしろい。時間はどんどん過ぎていくけれど、気持ちはそんなにすぐ変化しない。そのことにほっとしたり、切なくなったりする。

三十代のころ、何度も北海沿岸のフーズムに行った。シュトルムの生まれ故郷で、いまでも郷土の作家シュトルムを誇りに思っている町。ハンブルクに留学し、その後も友人たちの家に泊めてもらうことができたわたしにとって、フーズムは日帰り遠足にちょうどいい場所だった。ドイツでは、日本ほど町の景観が変わらない。急に高層ビルが建ったりすることはないし、木造と違って石や煉瓦造りの家は長く残り続ける。そのため、シュトルムが生活していたころの建物や通りの雰囲気を、いまでも追体験することができる。遠浅の海や、町の中心のカフェ、レストラン、いろいろなものが懐かしい。

あとがきを書くことは、翻訳を締めくくることでもある。お忙しいなかで辛抱強くお付き合い下さった、古典新訳文庫編集長の中町俊伸さんや、お世話になった校閲の方には心から感謝したい。二十一世紀の読者がこの作品をどのように受けとめて下さるか、楽しみにしつつ。

二〇二〇年二月　　松永美穂

kobunsha classics
光文社古典新訳文庫

みずうみ／三色《さんしょく》すみれ／人形使《にんぎょうつか》いのポーレ

著者　シュトルム
訳者　松永美穂《まつながみほ》

2020年5月20日　初版第1刷発行

発行者　田邉浩司
印刷　新藤慶昌堂
製本　ナショナル製本

発行所　株式会社光文社
〒112-8011東京都文京区音羽1-16-6
電話　03（5395）8162（編集部）
03（5395）8116（書籍販売部）
03（5395）8125（業務部）
www.kobunsha.com

落丁本・乱丁本は業務部へご連絡くだされば、お取り替えいたします。
ISBN978-4-334-75424-2 Printed in Japan

いま、息をしている言葉で、もういちど古典を

長い年月をかけて世界中で読み継がれてきたのが古典です。奥の深い味わいある作品ばかりがそろっており、この「古典の森」に分け入ることは人生のもっとも大きな喜びであることに異論のある人はいないはずです。しかしながら、こんなに豊饒で魅力に満ちた古典を、なぜわたしたちはこれほどまで疎んじてきたのでしょうか。

ひとつには古臭い教養主義からの逃走だったのかもしれません。真面目に文学や思想を論じることは、ある種の権威化であるという思いから、その呪縛から逃れるために、教養そのものを否定しすぎてしまったのではないでしょうか。

いま、時代は大きな転換期を迎えています。まれに見るスピードで歴史が動いていくのを多くの人々が実感していると思います。

こんな時わたしたちを支え、導いてくれるものが古典なのです。「いま、息をしている言葉で」――光文社の古典新訳文庫は、さまよえる現代人の心の奥底まで届くような言葉で、古典を現代に蘇らせることを意図して創刊されました。気取らず、自由に、心の赴くままに、気軽に手に取って楽しめる古典作品を、新訳という光のもとに読者に届けていくこと。それがこの文庫の使命だとわたしたちは考えています。

このシリーズについてのご意見、ご感想、ご要望をハガキ、手紙、メール等で翻訳編集部までお寄せください。今後の企画の参考にさせていただきます。
メール　info@kotensinyaku.jp